井上靖
未発表初期短篇集

高木伸幸［編］

七月社

［カバー写真］京都帝大時代の下宿先、吉田神楽岡町・橋本家の自室にて（昭和七～九年頃）

［扉写真］下宿の主人・橋本と京都帝大の仲間に囲まれて（昭和七～九年頃）

井上靖　未発表初期短篇集

目次

凡例

- 原文の旧字体は新字体に改めた。略字・異体字等も多く見られたが、現代の一般的な字体を採用した。原文の歴史的仮名遣いは現代仮名遣いに改めた。
- 原文通りの翻刻を基本とし、「扨て」「聽て」「鳥渡」など、今日では一般的でない漢字表記も、原文の趣をできる限り伝えるべく、そのままとした。
- 振り仮名は難読漢字を中心に多めに振った。原文に付されていた振り仮名は、不要と思われるもの、繰り返しになるものなどを適宜削除した。
- 送り仮名は原則として原文の通りとした。「明か」「帰える」など、送り仮名の過不足もそのままとし、ただし、これらには振り仮名を補った。
- 原文に見られる明らかな誤字・脱字・衍字等は、特に断りなく訂正した。判読不能箇所や書き間違いと思われる箇所などは、「翻刻・校訂にあたって」にその経緯を記した上で、文意が通るように整理した。
- 今日の人権意識からすると不適切と思われる語句や表現があるが、時代背景や作品自体の独自性を考慮し、そのままとした。

I　ユーモア小説

昇給綺談

澤木信乃

1

雨野《あめの》君が正午《ひる》の休憩時間に一人で社の前の舗道をぶらついていると、同僚の加宮君が背後《うしろ》からやって来て、肩を敲《たた》いた。

「君、女の写真を会計簿の中へ挟んでおいたな⁉」

「うん、――見たのか⁉」

「チラリとね。」

雨野君は何ともいえないバツの悪そうな顔をしたが直《す》ぐ、斯《こ》うなれば――といった様子で図太く構えた。

「シャンだろう。」

「いや出来たらゆっくりと拝みたかったんだけれど、惜《お》しむらくは社長が持ってったよ！」

「なに、社長が！　いつ？」

「つい今だ、みんな戸外《おもて》に出ちゃって部屋には僕だけだった。其処《そこ》へ是《これ》が、」

と、親指を示して、

「ブラリとやって来て、みんなの帳簿をバラバラとめくって眼を通し始めたのさ。その時、君ンとこの会計簿の中から写真が一枚おっこったもんで、社長の奴、それを拾って暫《しばら》く眺めていたが衣嚢《ポケット》へ入れて持ってってっちゃった。」

「ヒエッ！」

雨野君は思わず悲鳴を上げて終《しま》った。加宮君は友達甲斐に鳥渡真顔《ちょっとまがお》になって、

「まさか、君、会社《うち》の女事務員《おひめさま》のじゃあないだろうな⁉」

斯う念を押したが、雨野君が頷《うなず》くのを見ると、

「じゃあいいさ。問題はねえ！　少し位《くらい》しぼられるのは薬だ。新妻京子《きょうこ》夫人の怨《うら》み思い知れだ！

あはははは。」

と悄《しょ》げている雨野君を突き飛ばして愉快そうに笑った。

午後の執務時間になると間もなく、給仕が小さい紙片を雨野君の所へ持って来た。（御来室あれ、清本）と書いてある。清本《きよもと》と言うのは社長、詳しくは当ヤマトインキ製造株式会社社長清本清平《せいへい》氏である。

雨野君はこの世に名を聞いただけでも、慄然《ぞっ》とするものが二つある。疣蛙《いぼがえる》と清本社長である。疣蛙の方は、物心が付いた頃から、ちらりと見ただけでも直《す》ぐ熱を出したものだ。

雨野君がまだ五つか六つの時、そのころ家にいた老いた忠僕は、

「そないなこんで、ぼんち、何時《いつ》まで経っても、こんな虫ケラに怖《お》じとらんならんぞ！」

と、主家の若君の将来を思う余《あま》りか、自分の背中のねんねこの中へ疣蛙を五、六匹入れて雨野君と同居させた事がある。うんともすうとも言わず、余り温和《おとな》しいので家へ帰って下《おろ》してみると、ぼんちは完全に気を失っていたそうである。

その雨野君が蘇生《そせい》し成人し、大学を出て七十円頂戴する身になった途端《とたん》、社長清本清平氏が蛙同様怖ろしい存在になった。といって、何も雨野君は卑屈なサラリーマン根性から、社長という絶対の権力にただわけもなく畏怖心を抱いているわけではない。人間には苦手という奴があるが、雨野君の場合もあれである。根がお坊っちゃん育ちの雨野君。今までに別段、どんな人間の前に出ても気遅れした経験もないが、入社試験の時初めて顔を合わせた時以来、どうも不思議に清本清平氏にだけはいけない。腕力にかけたら、たとえ清本社長が二十貫の肥満漢にしろ、雨野君は高等学校時代に鳴らした柔道二段だ。教養にかけたって学歴不明の社長に比べれば、どう考えても最高学府を出たての雨野君の方が上だ。にも拘《かかわ》らず雨野君は社長が怖いのである。雨野君はこれに対していろいろと考えた挙句、結局、嫌いな蛙に結びつけてその依って来るところを自分に説明する。つまり

大きいお腹《なか》を抱えている所と、人を喰《く》った様な顔に所きらわず、蕎麦粕《そばかす》や名の知れないぼっちのくっついている所、――あれが曲者《くせもの》なのである。そういえば成程《なるほど》公平にみて、清本清平氏は何処《どこ》か疣《いぼ》蛙《がえる》と一脈相通ずるものを持っているようである。

扨《さ》て、この清本社長に呼ばれた雨野君は深呼吸を三つしてぐっと丹田《たんでん》に力を入れ、それから静かに扉《ドア》の把手《とって》を廻した。すると早くも大きい机を隔てて、ぼーっと社長の赭《あか》ら顔が霞《かす》んで見えてしまう。

「もっと、こっちへ寄り給え！」

「はあ。」

「もっと寄ったらええ、話がでけん！」

雨野君は仕方なく机の傍《そば》まで進み寄ったが妙に膝の関節ががたつく。するとやがて社長は一枚の写真を手にして、それでコツコツと机を敲いて、

「他《ほか》でもないが、会計簿の中へこんな物を入れておいたのは君かね！」

「申し訳ありません。」

「申し訳あるもないもないが、ともかく女の写真を眺《なが》め乍ら事務をとっとることは辛いだろうが、今後、遠慮して貰いたい。」

とちくりと皮肉を言った。

「はあ、何とも早《は》や――。」

「あはははは。そう恐縮するには当らんよ。若い者には若い世界があるくらいのことはわしも知っとる！　一体、この女はどういう女かね！」

と今度は清本社長いやにくだけて出た。

「はあ、あの――。」

雨野君がもじもじしているのを、社長はニヤリとして、

「カフェーとは違うんか、怖《おそ》らくそうじゃろう。一目見れば判《わ》かる。」

この際、（そうで御座います）と言って、社長の自尊心と鑑識眼に敬意を払っておくのが一番賢明な策であり、そのくらいの融通の利かない雨野君でもない筈だが、

「はあ、あのー。妻です、奥さんであります。」

と、雨野君訂正しないと何か気がおさまらなかった。

「なに、妻じゃ！　誰の？」

「私のであります。」

「君の!?」

「はあ。」

「ばか！　自分の女房の事を奥さんなどと言う奴があるか！」

それから暫《しば》らく、くしゃくしゃした顔をして黙りこくっていたが、いやにしんみりと、

「第一、君は、女房の写真などをどうするつもりかね⁉」

「私は会社で妻の写真を見、妻は家で私の写真を見ます。」

「いつ？」

「十時と十二時と三時で、決して始終見とるわけではありません。」

「それはそうじゃろう。だが何の為にそんな面倒な事をし居《お》る⁉」

「朝別れまして晩の五時まで逢《あ》えんからであります。」

「ふーむ。」

社長は茲《ここ》で鳥渡《ちょっと》顔を緊張させて、

「一体、どちらが先にそんなことを提議したんじゃ。」

好奇心を油ぎった顔の真中に集中させた。

「妻の方であります。」

雨野君が答えると社長は暫く呆然《ぽかん》と雨野君の顔を見詰めていたが、軈《やが》て何とも言えない表情を一つするとビリッと写真を二つに破り、それを丁寧にも一度重ねて更に二つに破り、さもふがいない奴といわんばかりに、

「かえれ！」

と一言言った。

2

雨野君はその日の夕食が済んでから昼間の事件を逐一愛妻京子さんに話した。

「――愛の絶対と言う事を解せん社長は実に不幸だと思うね。写真をビリッと破いた時の奴の顔は気のせいか淋しそうだったよ。」

今迄《まで》黙って聞いていた京子さんはこの時突然、

「ちょっと、貴方《あなた》！」

と夫君の言葉を遮《さえぎ》った。

「で、貴方その時どうなすって⁉」

「どうもしないさ。何しろ相手が清本の疣蛙《いぼがえる》では。」

「どうもしないって、只《ただ》そのまま帰って来たの⁉」

京子さんは暫《しばら》く呆《あき》れた様に夫君の顔を見守っていたが、突然、

「そう、いいお心掛けですわ！」

と、妙に改まった調子で言うと、すーっと起《た》って勝手に行った。それから何時まで経っても姿を見せなかった。

雨野君は夕刊を隅から隅までよみ終り、二本目のバットを呑《の》み終ってからどうも様子のただごとでないのに気がついた。不審に思って勝手を覗《のぞ》いて見ると、京子さんは冷《つめた》い板の間に俯伏《うつぷ》して泣いているのである。愕《おどろ》いたのは雨野君である。

「一体、どうしたんだい⁉」

「触らないで頂戴！」

京子さんの肩に手を掛けると、瞬間、京子さんはぴりっと身体《からだ》を震わせて、と金属性の声を張り上げた。そしてこの一声《ひとこえ》を最後に京子さんは、それから雨野君がなんと言っても口をきかなかった。

「僕が悪いんなら詫《わ》びる。」

「――」

「何か解《わか》んないけれど、兎《と》に角《かく》一応お詫びしておこう。」

「――」

「いや、重々《じゆうじゆう》僕が悪かった。何とも早《は》や申し訳ない！」

雨野君がなんといおうと京子夫人は執拗に口を開かない。雨野君もこの長期抵抗にはさすがに参った。つい癇癪《かんしやく》を破裂させて、

「ばか！　せめて畳の上で泣け！　其処《そこ》は冷えるぞ。」

それから座蒲団を遠くから投げてやった。長いこと京子夫人はそれに見向きもしなかったが、

「あり難《がと》う。」

さすが、一言礼だけはいって、よほど寒くなったのだろう。その上に載《の》っかった。それから二時間、お互いに一言も喋《しゃべ》らずねばりつづけたが、女の一念は怖ろしいもので、到頭《とうとう》雨野君が敗けた。

雨野君は遂々堪《とうとうた》まらなくなって、

「頼むから何とかいえよ、一体何を憤《おこ》ってるんだ。ぶるぶる震えているじゃあないか。喋ったら少しは暖まるだろう！」

すると京子さんは漸《ようや》く唇の紫色になった顔を上げて、

「何を憤ってるかまだ解んない！　呆れちゃうわ！」

と歯をカチカチと音をさせた。

「有難《ありがと》う、よくぞ喋って呉《く》れた！」

「なに言ってんの！」

余程寒かったとみえて、京子さんは一旦《いったん》喋り出したとなったら、それから息もつがないで捲《まく》し立てた。

「ねえ貴方、貴方は一体社長さんと妾《わたし》と孰《どち》らが大事なの？　社長さんに妻が侮辱されても、一向に平気なのね⁉　社長さんを愛してんのか、それとも妾を愛してんのか、わたし想像に苦しむわ。貴

方は大体結婚する前に妾に何と言ったか覚えていらっしゃる？」

「待てよ。何もかもそう一度では整理ができんよ！　一つずついえ。一つずつ。」

「わたし、ただおかしいの――君に指一本でも触れる奴があれば誰であろうと容赦はせんなんて――」

「それがなぜおかしい。」

「あれ嘘《うそ》なの。」

「嘘なもんか！」

「では、社長さんが妾のことを女給に間違えたり、おまけに妾の写真を破ったりして、それなのにどうして容赦したの⁉」

「容赦したわけではない。怒りを感じなかったんだ。」

「社長さんだからでしょう。あなた、怖いのよ、きっと。妾、貴方のその心根《こころね》が悲しいの。妾を若《も》し真固《ほんと》に愛してんなら、社長さんだろうが誰だろうが頭をコツンとやらざるを得ない筈よ。」

「社長の頭をか！」

「そうよ。たとえ馘首《かくしゅ》されようと、それを敢てしてこそ真固の愛だわ。それを貴方は――。妾だけ貴方を愛していてつまんない！」

京子さんの声が再び涙声になったので、雨野君は周章《あわ》てた。

「よし、では殴る。明日ザクロの如く殴り潰してやる！」

3

その翌朝、京子さんの機嫌は悉皆《すっか》り回復していた。

「妾、今日お実家《さと》へ手紙を書いて当分生活費を送って戴く様にするわ。だから貴方思い残す事なくやって来てね！　私等《たち》の神聖な愛を汚した以上寸毫《すんごう》も假借《かしやく》する要はなくてよ。断固として徹底的に膺懲《ようちよう》すべきだわ！」

「大丈夫だ。あの疣蛙《いぼがえる》あっさりと社長室の絨毯《じゆうたん》の上に眠らせてやるよ！」

雨野君は斯《こ》う答え乍《なが》ら、右手で拳固《げんこ》を作って左手で撫《な》でてみたけれど何故か妙に自信のない気がした。

その日雨野君は会社で社長室の前を四五回彷徨《うろ》ついただけで、遂々《とうとう》社長室には入れなかった。よっくも愛する妻の写真を破ったな、社長と雖《いえど》も容赦はせん、ポカン――と頭の中では何十回も社長を殴っているのだが、いざ実行となって社長室の前まで行くと、四肢が妙に硬《こわ》ばって言う事をきかなくなった。殴るのが目的なのだから何も正攻法でなくてもいい。背後《うしろ》から行って、あの大きな毛の薄い奴をコツンとやって逃げたらいい。そう考えて便所へ行く社長の背後姿《うしろすがた》を睨《にら》み付けてもみたけれど、是《これ》も結局、心臓の動悸《どうき》が早鐘の様になっただけで、幾ら藻掻《もが》いても足は一向に動かなかった。

三時頃、京子さんから電話がかかった。

「どう首尾は？」

「首尾は——残念乍らだめだ！」

「どうして？」

「奴早くも悟ったか、今日は出て来ない。何なら、是から自宅へ押し掛け行ってやっつけてもいい。」

「でも、態々《わざわざ》お家まで押し掛けて行ったら、奥さんがお気の毒よ。明日まで我慢なさい。」

さすがに女は女だけに神経が妙なところに細《こま》かい。

「それもそうだな。では残念だが一日延ばそうか！」

雨野君そう答えてほっとした。

その翌日も雨野君は京子さんの激励の言葉に送られて家を出た。剣術の出来ない仇討《あだうち》が強い敵に出逢った時の様に寂しい笑を浮かべて家を出た。愛する妻のためだ、よしや返り討になろうとも何の思い残す所やあらん——雨野君は幾度も幾度も自分に言い聞かせた。

その日、雨野君はエヘンと大きく咳払いして、思い切って荒々しく社長室の扉《ドア》を押し開けた。途端内部《なか》から、

「喧《やか》ましい！　静かにできんか！」

と割れ鐘の様な声が響いた。

「はあ！」

と思わず機械的に声帯が開いて、次の瞬間、是も機械的に、

「申し訳ございません。」

と上半身が四十五度曲った。こうなるともう駄目だ。

「何の用じゃ！」

「はあ。」

「何用じゃ！　早う言わんか！」

清本社長今日はよほど御機嫌が悪いとみえる。かみつきそうな顔をしている。

「はあ、あの――、何ぞ御用は――。」

「ばか！　それを儂《わし》の方で訊《き》いとるんじゃ！」

「はあ。」

結局社長の持つ一種不可思議な妖気に当てられて、一言も言わずに敗北に帰して終《しま》った。

その日も京子さんから電話がかかって来た。

「いさましくやって!?」

「ううん。それが奴今日も来ないんだ。どうも病気らしい。この分だと当分来ないかも知れん。まあ待て！　あせるな！」

4

それから一週間。雨野君はもう社長膺懲《ようちょう》はあきらめてしまった。京子さんの前ではなんとか口を合わせているが、とても実行不可能なこともさとっている。そうした或日《あるひ》の、もうそろそろ退社《ひけ》時刻《ごろ》に近い時分、雨野君は社長室に呼ばれた。

「君ンとこへは毎日妻君から電話がかかって来る相《そう》じゃな。」

今日はいつもと違って清本社長、静かな声である。

「はあ。」

と答え乍《なが》ら雨野君は次に来るものを予想して怖《おそ》る怖《おそ》る社長の顔を窺《うかが》った。が、社長は、

「写真は止めて今度は電話か。いや、夫婦仲のええ事は何よりじゃ。夫婦は二世の契《ちぎり》じゃ、その位《くらい》の愛情がなければいかん！」

と平生《いっ》になくしんみりと言った。怒っているわけでも、皮肉っているのでもないらしい。言葉にいやに実感がこもっている。雨野君は思わずほっとした。

「時に用事じゃが、この手紙を儂《わし》の家内に渡して貰いたいんじゃ。急に家内に用事がでけたが、儂

は是《これ》から重役会議で桜会館に行かねばならんで、君に家まで御足労を願うわけじゃ。」

「はあ！」

「重要な手紙じゃし、それに女房への手紙じゃから、儂は君が適任じゃと思うとる！」

社長は斯《こ》う言って一通の封書を差出した。

「はあ。有難う御座います。」

余り名誉でもないけれど雨野君はお礼を言って、その封書を受け取った。その封皮《ふうひ》にはおゝその殿と認《したた》められてあった。

それをポケットに入れて、雨野君が会社の前で円タクを拾おうとしていると、思いがけなくばったり京子さんとぶつかってしまった。

「あら、あなた、もうお退社《ひけ》！」

（いや社長の用事で）と危く口まで出かかったのを、ぐいっと飲み込んで、

「うん。」

と頷いた。

「社長さん、今日も来ないの？」

「来さえすればやっつけるんだが、奴今日も来ない！」

「まあ、口惜《くや》しいわね。妾《わたし》今日あたりは来ているんではないかと思って、電話をかけるのを止めて、

態々《わざわざ》激励に来たのに！　でも仕方ないわ、こないんなら。」

女の気持というものは何と飄々《ひょうひょう》と変るものであろう。社長膺懲をあきらめると、京子夫人は、

「是から大丸へでも行って、それから何処《どこ》かで御飯戴かない？」

といった。

「うん、それもいいな！」

と、返事をして雨野君悉皆《すっか》り当惑して終《しま》った。途中で何とか上手《うま》く言って別れる工夫もあるだろう。何も半時間や一時間を争う手紙でもあるまい、そう考え乍ら京子さんと円タクに乗った。

妻君のお供でデパートの反物の中を、あちこち引張り廻《ま》わされて、それから御飯を食べに静かなレストラントに入った時はもう街にぽっちり灯《ひ》がともっていた。

食事が終えてから、雨野君は外套《がいとう》を妻君に預けて化粧室《トイレット》へ立って行ったが、これがいけなかった。その留守に、京子さんは夫君の外套のポケットを何心なく探って大変なものを発見して終った。キリキリと表情が変って来た。雨野君が卓子《テーブル》に戻るやいなや、ロボットのように機械的にいきなり手紙を雨野君の胸許《むなもと》を狙って突き出した。

「あなた、これ、なあに。」

言葉と眼とをみごと使い分けている。鋭い眼付に似ずいやに口調は静かだ。

「あっ！　それか！」

雨野君はあわてた。

「あっさり仰有《おつしや》るのね。おその殿って一体どなた？　タイピスト、それとも女給さん？」

「じょ、冗談じゃあない。それは人に頼まれた手紙だ。」

「誰に⁉」

「誰にって！」

「御返事できないのね。おほほほほ。」

京子さんは決して可笑《おか》しくもないのに、茲《ここ》でいとも静かに笑った。

「人に頼まれたんだよ。字を見れば解るじゃあないか。字を見れば。僕が大体、おその殿なんて古風に書くかい！」

「字なんてどんな字だって書けてよ。それにこのおそのなんて貴方《あなた》の手だわ。」

疑心暗鬼とは怖ろしいものだなと雨野君はつくづく感心した。が徒《いたず》らに感心している場合でないのに気がつくと、

「ばかを言っては困る。よく見てくれよ。」

「なら、一体どなたにどう言う理由《わけ》で、この手紙を頼まれたの。その辺を判然《はっき》り説明して戴きたいわ。」

「うーん。実は、社、社の奴にね。」

「社の方がどうしたの⁉」

雨野君は一生懸命考えたけれど、咄嗟《とつさ》の場合いい智慧《ちえ》は浮かばなかった。

「いや、家へ帰ってゆっくり話そう。それにはいろんな面白い話もあるんだ。家へ帰って話そう。あはははは。」

今度は雨野君の方が可笑しくもないのに無理に笑って、手紙を受け取ろうと京子さんの方へ手を差出した。

「何を仰有《おつしや》るの！」

と京子さんはキリッと睨めると、すげなくその手を払いのけて、

「妾はそれまで待てなくてよ。此処《ここ》で一寸《ちよつと》拝見しますわ。失礼！」

とヒステリックに言うなり、ビリッと封を破いた。

「あっ！」

と雨野君が起上《たちあが》ったけれど、もう遅かった。


おその殿。

御許《おもと》の意見通り、家で一緒では悲しさのみ先きにたち、到底《とうてい》、潔《いさぎよ》き自決は覚《おぼ》つかない故、別々に決行する事にしよう。儂は天晴《あつぱ》れ社長らしく、重役会議の最中、ヤマトインキ製造株式会社

の崩壊と共に花と散る所存である。時間は正七時。御許も社長清本清平氏夫人らしく、七時を合図に、見事に自害して相果ててくれ。此期《このご》にのぞみて又《また》何をか言わん！　清平。


「まあ、あなた。社長さん御夫婦の心中の打合わせよ！」

「だから言わん事じゃあない。社長に頼まれた大切な手紙だ！　ばかッ！」

「何をそんな怖い顔して睨《にら》むの！　嘘つき！　ちゃんと社長さんは会社に居たじゃあないの！」

「この場合それ所ではない。どうしよう、どうすべきか、どうしたらいいか⁉」

雨野君は手紙を持ったまま悉皆《すっか》りうろうろして終った。それに反し京子《マダム・ロマンチスト》さんの方は、夫君にかかっていた疑惑が晴れた悦びが胸にいっぱいで、憎むべき社長の生死などは遠い彼岸《ひがん》の問題であった。

「道は二つよ。此《この》手紙奥さんとこへ持って行って上げて希望通り心中させて上げるか――それとも。」

「ばか！」

「そんなら社長さんの方を止めて人命救助すればいいわ。今、六時半だから上手くゆけば間に合うわ。その代り、間に合ったら、あなた序《つい》でに、私の見ている前で男らしく敵を討って下さるわね。」

5

「――で、以上述べました如く、吾社《わが》の財政破綻を救うの道は絶無なのであります。絶体絶命、只《ただ》、差押えを待つのみであります。光輝ある三十年の歴史を有する吾がヤマトインキ製造株式会社の玉砕に際しまして、余は只、債鬼細井インキ消シ株式会社社長、細井筋五郎の奴を、心の底の底の奥底から、憎んで憎んで、ニックミ通す者であります。ああ、思うにインキ消シあってのインキではないのであります。あくまでインキあってのインキ消シであります。然るに此《こ》の本末、物の順序顚《てん》倒《とう》いたしまして、彼《かの》細井インキ消シの奴は――。」

茲《ここ》で、清本社長は興奮の極、後《あと》の文句が出なくなって終《しま》った。丁度、折よく給仕がお茶を持って来たので、それをごくんと飲み干して、鳥渡《ちよつと》、時計を見て、給仕に、

「七時になったら知らせて呉《く》れ！」

と小声で言った。それから給仕が廊下に出て行くのを待って、更に語をついだ。

「とまれ、事態を茲に至らしめた社長としての罪や、甚だ浅からざるを、不肖《ふしよう》清本清平、肝に銘じて居《お》ります。いずれ何らかの形に於《お》いてその責を明《あきら》かに至す心算《つもり》であります。」

満場――と言っても五人の重役だけであるが、粛《しゆく》として声なき中を清本清平は静かに腰を降《おろ》した。

次に、雄弁を以って財界にその人ありと知られたY氏が平生《いつ》になく悄然《しよんぼり》と立上って、

「えー、事茲に至りましては、亦《また》、何をかよう言いましょうや。」

と蚊の鳴く様な声で冒頭した。次に何時《いつ》まで経っても後の言葉が続かないので見ると、Y氏はその言葉の如く、何も言わずに悄然《しょんぼり》と着席していた。

次にM氏が起《た》って、

「吾々六人の、新しく此処《ここ》に誕生いたしましたプロレタリアートは今後如何《いか》に生くべきであるか、是《これ》こそ最も重大な目下の問題であるのであります。真実、吾々は明日より一銭の金もないのであります。あるものは山の如き借財と哀れな家族であります。徒らに歎《なげ》き悲しみ意気消沈するの秋《とき》ではない――。」

と落着いた態度でドンと卓子《テーブル》を敲《たた》いた時、意外の闖入者《ちんにゆうしや》が一人現われた。それは他《ほか》ならぬヤマトインキを此の危殆《きたい》に瀕《ひん》せしめた細井筋五郎氏であった。木綿服に黒メリンスの兵児帯《へこおび》をしめて、どう見ても今財界に飛ぶ鳥落す細井インキ消シ株式会社社長とは見えない。

一同が呆然としている中を、細井氏は小さい身体《からだ》をちょこちょこと卓子《テーブル》の所に運ぶと、鳥渡一同に挨拶して、

「皆さん、お揃いですな！　えー、実は早速ですが。」

と、しわがれ声で口を開いた。

「儂《わし》の家内は長年の喘息《ぜんそく》でしてな。薬も医者も八方手を尽くしましたが、どうも駄目ですじゃ。一

向に治らん。わしも、若い貧乏時代から共に苦労して来た仲と思うと、あのぜいぜいが不愍《ふびん》で不愍でなりませんじゃ。ああ什《ど》うかして、楽に呼吸の出来る様にしてやり度《た》い。ぜいぜい言わずも生きて居れる様にしてやり度い。こう思いましてな、いろいろ考えた挙句、日頃信仰している山洞稲荷《いなり》に伺いを立てましたじゃ。すると巫女《みこ》の言うには、飢えている人間を六人救えば家内の喘息は立ち所に治ると斯《こ》ういうんですじゃ。

先刻夕食の時、儂は不図《ふと》、あんた方の事を思い出しましたじゃ。重役五人に社長一人、都合六人、而《しか》も心がらとは云え、確かに飢えかかってなさる。本所深川でルンペンを探すより此の方が手数がいらん！　何分融通してある金は百や二百の金ではない、が儂にしてみればあってもなくても差障《さしさわ》りない端《は》した金ですじゃ。どうです、もう五年許《ばか》り待って上げましょう。あんた方もひ干しにならんですむ、わしの家内も喘息が治る！」

細井筋五郎氏は用件をてきぱきと説明して一同を見廻した。今の場合、社長始め誰にも異存のあろう筈はなかった。萎《しお》れかかった草が水を得た様に一同の顔色は急変した。

社長は声が出ないらしく、口をもぐもぐさせていたが、いきなり細井氏の手を力いっぱい握りしめて瞑目《めいもく》した。

その時、給仕が入って来て、

「社長様、丁度、七時でございます。」

と言った。途端、社長の顔は再び紙の様に白くなって、細井氏の手を握ったまま、うわっと異様な声を立てて、よろよろと蹣跚《よろめ》いて、

「妻が死ぬ、おそのが——。」

と号《さけ》んで、細井氏の腕の中へ倒れて気を失った。小さい細井氏はそれと一緒に床の上に仰向けに倒れた。

雨野君夫妻が駈け付けたのはそれから間もなくだった。正気になった社長に、雨野君は一部始終を説明して、手紙を夫人に渡さなかった事を話した。清本社長は小ちゃい眼から大きい涙をぼろぼろ落して、左手で細井氏の手を、右手で雨野君の手を取って、悉皆《すっか》り興奮していた。

「ねえ、あなた、これはこれ、あれはあれよ！」

と、突然、京子さんはそっと雨野君の背をつっつき乍《なが》ら、それとなく社長膺懲《ようちょう》を提議した。

「だって、お前、今は——。」

と雨野君が躊躇《ちゅうちょ》しているのを、京子さんは美しい眼できっと一つ睨《にら》んでつんと横を向いた。

絶体絶命——矢張《やは》り京子さんの方が雨野君には大事であった。

「社長、これはこれとしまして、貴方《あなた》は一週間前、妻の写真を破りました。最愛の妻の写真を冒瀆《ぼうとく》した以上、たとえ、社長と云《い》えども、ゆ、許さん！」

と言い乍ら、眼をつぶって、ポカンと社長の頭を殴った。実に見事に！　余り急だった社長は、

「あっ！」

と号《さけ》んで顔を顰《しか》めたが、軈《やが》て苦笑し乍ら、

「すまん！」

と言った。

「いや、あれは儂が悪かった。なぐって気がすむなら殴ってくれ！　わしも女房が大事じゃ、細井さんも奥さんが大事じゃ。君だってそうじゃ、いや重々、わしが悪かった。」

社長は斯う言って頭を下げた。意外に、社長が下手《したて》に出たので、雨野君は急に元気が出て、

「どうする、もっとか！」

と、小さい拳固《げんこ》を作ったたまま、いつになく勇ましく、京子さんの方をみた。

「あら、いいのよ、もう。」

と言い乍ら、京子さんは気の毒そうに社長の顔を眺めて、それから誰にも知れない様に夫君の手をきゅっと握った。

雨野君の月給が二十円昇給したのはその翌日の事であった。

就職圏外

澤木信乃

一

「おい、いるか。」

「あー。」

相変らず力の抜けた声で、部屋の中から山本君が答えたので、南原君は建付けの悪い襖《ふすま》をがたびし言わせ乍《なが》ら、中へ入った。見ると、まだ宵の口なのに、山本君は夜具を肩まで掛けて寝床の上に腹這いになって、やせぎすな顔を南原君の方へ向けた。

「どうしたい。何処《どこ》か悪いのか。」

と言い乍ら、南原君は懐手《ふところで》したまま、座蒲団を足で引張って、その上に、どっかりと胡座《あぐら》をかいた。

「なあーに。何もする事がないからね、あははははは。」

と山本君は蒲団の上に座り乍ら、笑った。そして、南原君の顔を覗き込み乍ら、

「吉報でもあったのかい。」

と真顔になった。

「まだ、そんな事を考えて言やあがる。断念《あきらめ》の悪い奴だな。今頃、吉報なんてあるもんか。もう時季が外れていらあ。」

「そうでもないよ、君、藤野は昨日《きのう》、秋田の肥料会社か何かへ決まったそうだよ。」

「藤野が？」

「うん。往来でひょっこり逢ったのさ。奴、嬉《う》れしいくせに、寒い方だから余《あま》り乗り気じゃあないけれど、なんて嘯《うそぶ》いていたよ。」

「一体、肥料会社なんてものあるのかい。どうせ禄《ろく》すっぽな会社じゃあるまい。尤《もつと》も藤野じゃあ肥料でもかき廻しているのが適当かも知れない。」

「いや、そう馬鹿にしたものでもないぜ。何でも相当、大きい会社らしいよ。初給も百円だすそうだからね。」

「月給の事まで喋っていたのか。」

「ああ。奴、何時《いつ》になく頭を綺麗に分けてね、実に幸福そうだったよ。」

と山本君は茲《ここ》で一寸《ちよつと》寂し相《そう》に微笑んだ。

「それを、又《また》、君は羨《うらやま》し相に見ていたんだろう。」

「事実、羨しいものね。彼は堂々たる日給取《サラリーマン》、それに引換え、こっちは……。」

「ばか、よせ。男らしくもない、泣事を云う奴があるか。百やそこらの安月給が何だい。」

と南原君はマッチを力まかせにすって煙草に火をつけた。

「兎《と》に角《かく》、藤野の例もある事だから、まだ万更《まんざら》棄てたものでもないよ。八月頃まではね。」

「そんなのは例外だ。まあ、十中の十までないな。」

とあっさり否定したものの、南原君、逼《さすが》に穏《おだやか》な口調で、

「あせる勿《なか》れさ。来年になればこっちにお鉢が廻ってくるよ。清野先生は卒業生の古いものから順々に片附けて呉《く》れる方針だから。来年は先《ま》ず俺等を就職させてから、来年の卒業生の方に手を附けるよ。一年位《くらい》就職が遅れたって人生の大局から見れば些細な問題だ。君みたいに、そうあせったって始らない。一年ゆっくり休養して、来年新しくスタートするんだな。」

と南原君は楽観主義者だ。

「俺だって別に焦るわけじゃあないさ。だけど、故郷《くに》のお袋の気持を考えたりすると、ついほろりと。」

「よせったら、地主のせがれの癖に。そんな大きな事を言う権利はないよ。」

「そりゃあ、食べるに困ると云う事は勿論《もちろん》ないけれど、只《ただ》気持の上でさ。」

山本君なかなか、殊勝な事を言う。

「それに、お袋ばっかではない。彼女《あいつ》の事を考えると、何となくいじらしくて。」

「うわっ！　彼女《あいつ》は幸福だよ。あはははは。」

「茶化すな！　俺は真面目に話してるんだぜ。君と来た日にゃあ、全く、人間の微妙《デリケート》な感情や、物のあわれなんて、てんで解《わか》らないんだから、始らないよ。」

「就職難と物のあわれといい一緒にする奴があるもんか。大体、宵の口から寝床へなんかもぐっているからくよくよするんだ。景気よく毎日外でも歩けよ。」

「いや、毎日きめて、外出はしている。大学と図書館へは必ず昼間行く事にしているんだ。」

「大学と図書館？」

「うん、大学へは掲示板を見にさ。図書館では新聞の職業紹介覧に一通り眼を通してくる。」

「怖ろしく又念入な奴だな。今頃、掲示板は何々教授何々開講ばっかで、何々会社何名採用なんてありっこはない。」

「大抵ないさ。然《しか》し、全然ないとは限らない。現に一昨年、六月になって学校へ朝鮮の石油会社から一名至急欲しいと通知があったそうだ。学校では時季が時季なので困ったけれど一応掲示板に出した。すると、丁度《ちょうど》、その日、五十五六の親父で矢張り大学の先輩だけれど、もう何処かの石油会社を勇退して、隠居している身分の人が、犬をつれて矢張りブラリと昔を偲《しの》び乍ら母校へやって来た。そして、その掲示をみて、朝鮮なら、自分の息子がいる所なので近々どうせむすこの所へ行く積りだから、小禄《しょうろく》取りに丁度いいと云って、早速、就職したそうだ。」

「では君も犬をつれてぶらりと散歩乍ら行ったらいい。もっとも、君にはそんな芸当は先ず出来ないな。ガツガツと掲示板でも喰いつく様にみるんだろう。」

南原君はいつも真面目に聞かない。

「そう云う例もあると云う話さ。」

「大学の掲示板はまだいいとして、新聞の方は情ないな。丁稚小僧《でっちこぞう》か女給より外にありはしない。未だ嘗《かつ》て、工学士一名求む……何々会社なんてあったかい。」

「まあないさ。然し全然ないとは云えない。斯《こ》う云う例もある……」

山本君は例外をよく知っているらしい。

「いや、もう沢山だ。」

と南原君は、ごろりと横になった。

「だがね。下宿の女中共にまで馬鹿にされると思うと全く一日でも早く僕は就職したいよ。」

と山本君はあくまで持論に固執する。

「なに！　女中共が馬鹿にする？」

今迄、いい加減に聞いていた南原君、むっくり起上って初めて真面目な顔になった。

「そいつは、聞棄てならない。お鍋《なべ》共、どう侮辱した⁉」

「今朝の事さ。お竹の奴が廊下から山本さん山本さん、十時過ぎましたよ、と起すのを僕はうつらうつら聞いていたんだ。すると、お梅の奴がそこへ来やあがって、起さないでおいてお上げなさいよ、と馬鹿に可哀《かわ》いい事を云うじゃあないか。僕は此《こ》の下宿へ来てから、一年半になるが、お梅のあんな深切《しんせつ》な同情ある言葉を聞いたのは今朝初めてだったね。矢張り年頃の娘だと思ったよ。」

「くだらない事を感心する奴だな。」

「だが、その次がいけない。山本さんのお仲間で職のないのは山本さんと南原さんとだけよ。二人とも近頃、しょんぼりしているわ。旦那さんとおかみさんが全く、ああなると学士もみじめなものさと話していたけれどほんとね。と云った。」

「うーむ。そして。」

「それから、寝ていれば何も考えないけれど起きているときっと寂しいでしょう、寝ている中《うち》がきっと花だわ。起さないでおいてお上げなさい、と云った。是《これ》を聞いた時にも一寸寂しかったな。こうした同情は哀感を伴うね。」

「ばか！」

南原君は煙草を火ばちの中へ突きさして坐り直して終った。

「ばか！　それで、君は黙っていたのか！」

「そう興奮するな、まだ続きがあるんだ。」

「あるなら、早く話せ。」

「ああしたお鍋ども矢張り事の理はちゃんと弁《わきま》えているね。お梅の忠告を聞いてお竹がなんと云ったと思う、君。」

　と山本君は益々穏かだ。

「是が南原さんならたたき起してやるんだが、山本さんだから起さないで置きましょうと云ったぜ。そして、是様《かよう》に君の悪口を云って此《この》悲喜劇の幕が降りた。」

「……」

「お竹の言う事が面白い。この下宿の人等でもお竹お竹と呼びずてにする人はない。誰でもお竹さんと云う。それに拘わらず、あの南原さんと云う人はお竹お竹ってずけずけ云う。全くくやしい障って終う。此間《こないだ》、来た時、客間に入るといきなり、お竹こっちを向けと云ったから、向いていますよと云ったら、ああ、そうか、失敬失敬、おまえの顔は裏表の区別がないからよく解らないだって、くやしいたらない、くやしいたらないと、泣き出して終った。あははははは。」

「笑い言《ごと》じゃあない。終《しま》いの方は兎も角、君は、あんな奴等に変てこな同情されて何でもないのか。」

「だから、一寸寂しかったと、云ったじゃあないか。」

「それだけか。」

「なさけないよ。」

「それだけか。」

「……」

「おい、山本、下宿へ払う丈《だけ》の金があるか。」

「昨日、送って来た許《ばか》りだから、あるにはあるが。」

「じゃあ、払って、この下宿を出るんだ。」

と南原君、すっかり憤《おこ》って終った。

「何も悪気であいつも言ったわけじゃあないから、そう憤るな、堪忍してやれよ。」

と山本君は、人のよさ相な顔を曲《ゆが》めて、謝りだした。

「ばかを云え、しょんぼりしてるの、寝ている中が花だなんて言われて、おめおめ居る奴があるか。主人が主人なら、召使も召使だ。単に君一人の問題じゃあない。又僕一人の問題でもない。就職戦線の全落伍者の問題だ。何もあのお鍋等を怒りはしない。悪い様にはしないからまかせろ。」

と、南原君は気が早い。すっくり立上って唐紙《からかみ》を明けて、階下《した》へ降りて行った。山本君が驚いて、いいい、寝まきの上へ棒島《ぼうじま》のどてらを着て、降りていった時、階下の下宿の主人夫婦の居間になっている六畳の間で、南原君は長火鉢のそばに、坐っていた。そして、火鉢の向うに、頭のはげた主人がにこにこし乍ら長煙管《ながぎせる》をくわえ、お内儀《かみ》さんがお茶を入れている所だった。そしてお梅とお竹も、部屋の隅の方でねむ相な顔をしながら、着物か何かを縫っていた。

「さあ、山本さん、どうぞこちらへ。」

と主人は愛相よく自分の敷いていた坐蒲団を取って、煎餅《せんべい》でも焼く様にそれを裏返《うらが》えして、すすめた。山本君は遠慮なくその上に載って、南原君の横に坐って、形勢を窺った。

「番茶でございますよ。」

とお内儀さんが持って来たお茶を、南原君はぐっと飲みほして、

「あそこにも、二人、番茶が居りますな、あははは。」

と、お竹とお梅の方を、向いて笑った。

それにつられて、主人夫婦も、お竹もお梅もみんな笑い出した。

「ほんに番茶も出花とか、何ぞ、言やはりましてな、おほほほ。」

とお内儀さんの言葉でも一度大笑いして静まった所を、南原君が、

「実は、」

と改まって口を切った。山本君はどきんとして南原君の口許をみつめた。

「実は、山本の奴、嬉れしくて話せないから僕が代って話しますが、こいつ、遂々《とうとう》、すばらしい所へ就職しましたよ。」

と南原君は云って山本君の顔を一寸見た。

「まあ、御就職なさったんですって。」

お内儀さんはお茶の入替する手を止めて、山本君の方ににこやかな顔を向けた。主人は主人で、

「それは、それは。」

と言い乍ら、煙管をポンと火鉢にぶつけて大忙ぎで吸殻を棄ててから、居ずまいを直して、南原君の方を向いた。

「商工省の方へ勤める辞令が今日出まして直《す》ぐ二三日の内に満州の方へ行くんです。矢張り、小さな所へ周章《あわて》て務めなくてよかったですよ。何しろ初給は百五十円ですが、半年許り辛棒《しんぼう》すれば二百円、また半年すれば二百五十円と云う工合《ぐあい》で、兎に角、すばらしい所ですよ。是から満州だと幾らでも腕は磨けますし、僕も今羨しい最中なんです。」

と南原君、ほんとに羨しそうだ。

「なにしろ、官吏《かんり》ですから到分かく首《しゅ》の心配はないし、働《はたらき》次第で幾らでも上れますし。」

と、南原君の話が熱を帯《お》んでくる頃、山本君は、南原君のおしりを思い切ってつねった。その時、

「ほう！　それはそれは何より。お目出度《めでた》い事でしたな。」

と改まって主人が、山本君に向ってお辞儀をした。山本君は仕方ないので、

「ええ、お陰様で。」

と小さい声で云った。一寸、頭を下げるひょう子にお茶をこぼして終った。

「矢張り、山本さんは、今の若い方には珍しくよくできた方だから、神様がきっといい所へお世話なすったのでございますよ。」

と言って、山本君のひっくり返したお茶をふいてから、一段と改まって、

「お目出度う存じました。」

と両手をついて丁寧にお辞儀をした。山本君も亦《また》黙って丁寧にお辞儀をした。

「わしの所でも、こんな商売を始めましてから丁度七年になりますよ。よそ様の大事なむすこさんをお預りして、そりゃ、お若い方ですから、心配したり気骨の折れる事は並大抵じゃあ、ありませんが、毎年毎年、こうして皆さんが立派になって、社会へお出になるので、その度に、苦労も何もふっ飛んで終いますね。いつも家内の奴と話しているんですがね。こんなあばらやにでも、一年なり二年なりまとまって御一緒に住んでいますと、何と云いますか、こう特別な愛情がわきましてね、わし共みたいな教養のないものの子供と申上げては、大変、痛み入る話ですが、まあ、そう云った様な気持になりまして、どうかよその学生さんに敗けないで立派に御成人して頂き度《た》いと常日頃、思っているわけでございます。」

「それは全くほんとでございますよ。」

と小母《おば》さんが茲《ここ》で口を入れた。

「下宿商売、損得を離れないとその味は出ないものでしたな。損得を離れて打込んでみますと、是

は亦、やめられませんな。」

　主人は商売がどうやら道楽らしい。

「でも、こうして、折角《せっかく》、お親しくなった方が、毎年毎年世の中へお出《い》でになる度に、丁度、娘を嫁にやる親の様な気持が致しまして、折角育てたものを取られて終う様な気が致しまして、それはそれは寂しいものでございます。いつも嬉れしいと悲しいとが一緒になりまして、つい……」

　お内儀さんは、もうそで口で眼をふき出した。

「全く、そうでしょうなあ、はあ。」

　と南原君も、すっかりしんみりして終ったけれど、気を取り直して、

「で、山本は故郷《くに》の方へも行かなければなりませんし、まだ、いろいろ準備もありますので、荷物を一先《ひとま》ず、僕の家へ運んで今夜一晩、二人で飲み明かす積《つも》りなので。」

　と大分、幕を早くしめたいらしい。

　山本君も仕方ないので、

「今夜、是から直ぐ荷物を南原の所へ運びます。ながなが御厄介になりましたが、いずれ御礼には来ますが……」

　と、是も、早く幕を落《おろ》し度いらしい。

二

それから二時間程して、南原君と山本君は運送やの若いものの引く車と一緒に、下宿本郷館を出た。下宿の主人夫婦やお梅やお竹まで揃って門口まで送ってくれた。

「だから言わない事じゃあないぜ。矢張り、いい下宿だった。出るとなるとこう妙に後ろ髪を引かれる思いがする。」

と山本君は、見送りの人等が見えなくなってから言った。

「もうぐずぐず言うな。出たものは仕方ない。しょんぼりしているの、寝ている中《うち》が花だの、と言ったのはあいつらだと云う事を忘れると、一寸《ちょっと》、変な気がしてくるんだ。その事ばかり思っていろ。」

「兎《と》に角《かく》、今夜と云う今夜はあきれたよ。よくも、まあ、あんな……」

「俺もあきれたよ。あはははは。」

「兎に角、此《この》荷物をどうする?」

「俺の家の近くに、五十位後家さんの家で間貸の札が出ている所があるんだ。静かでいい所だ。そこへ落つけばいいさ。」

と南原君は云って、星の出ている空を仰いだ。

三

二三日して、南原君が山本君の新しい下宿を訪れてみると、山本君は机の上に方眼紙を拡げて、その上に赤インクで曲線《カーブ》を画《か》いている所だった。

「一体、何だい。新聞広告を漁って手内職《てないしょく》でも発見したのかい。」

と南原君は早速皮肉った。

「あははは。実は素晴らしい発見をしたのさ。つまりこれは就職曲線だよ。俺等工業科学専攻の十五人の中で就職した奴等が十一人ある。残りの四人の中に君と僕が入っているわけだ。さてその十一人の奴等の卒業してから就職がきまるまでの期間と俸給との間に如何なる相関的な関係があるか曲線で画いてみたのさ。横軸にその期間をとり、縦軸に俸給額を取り曲線を作ってみると、みろ、この通りだ。つまり遅く就職する程俸給がいい事になっている。この中で一番遅く就職した例の藤野の百円が一番だ。卒業前に決まっていた五人の奴の中で、首席の堀川は流石に八十円、二番の脇場は七十円だけれど、吉田、川口、泉の三人は最下給の六十円だ。あははは、どうだい。この曲線がぐんぐん延びていってみろ、僕等二人が就職する頃にはどの位になるか、解らないよ。」

と山本君は何時《いつ》になく朗らかだ。

「うん、成程、この調子で、延びてくれると物凄いね。然《しか》し、その曲線が藤野の所を頂点にして下へ向き出したんだ。」

「え！　何故？」

「浪人組の四人の中で、大伴と橘の二人の奴が就職したんだ。今日、吉見の所で聞いてきた。」

「ほうー。何処《どこ》へ。」

「大伴の奴は横浜の麦酒《ビール》会社さ。橘は本所か何処かの石ケン会社だ。」

「すると、後は君と僕二人か。」

「まあ、そう云うわけだ。所《ところ》で大伴は五十円で橘は四十円だそうだ。すると、その曲線は物凄い勢《いきおい》で下っちゃうぜ。」

「うえっー。」

遂々《とうとう》、山本君は悲鳴をあげて、方眼紙を四つに畳んでしまった。

「その曲線の横軸と交る0単位の所に吾々二人が鎮座ましますと云う所だね。あはははは。まあ、心配するな、その曲線だって来年になれば陽気の加減で又《また》上るよ。」

と南原君は笑い出した。

「俺は、こうなると四十円でもいいな。橘が羨しい。」

と山本君は急に弱音をふき始めた。

「情ない事を云うな。俺は百円以下では先《ま》ず御免蒙《こうむ》る、断るね。」

「でもたとえ四十円でも、この陰惨な気持が救われれば結構じゃあないか。」

「陰惨⁉　陰惨とは何だ。一体何が陰惨だ。君みたいに就職口のないのを卑下する様じゃあ、人間お終《しまい》だ。俺は至極、幸福に思っている。」

「敗け惜しみを云うな。」

「負け惜しみだものか。俺は現に今日も幸福をつくづく感じたよ。先ず朝寝床の中で、十時に眼がさめた。そして、可哀相《かわいそう》に奴等は今から二時間も前に出勤して一生懸命に五十か六十の端《はし》た金の為に働いているんだなと思ったら、心から追悼の意を表せざるを得なかった。それから、朝風呂につかって、又、自分の身と奴等の事を考えて、こんどは可哀相を通り越して悲惨に思ったな。」

「あきれたね。そう図々しくなれば人間も相当だな。職なしずれと云うか、浪人ずれと云うか。」

「図々しいもんか。是《これ》で普通さ。君は大体、物を悲観的に考えるからいけない、就職就職って、朝から就職の事以外に考えてはいないんだろう。」

「まあ、考えないね。第一、こっちでいい塩梅に就職の事を忘れていると、又、うまい工合に、他の奴が就職の事を考えさせるんだからね。」

「誰が君の就職の事なんかに関わっているものか。世の中はそれ所じゃあないよ。」

「所がだ、事実、そうだから仕方ない。今朝もね。」

「うん。」

「起きて、顔を洗いに井戸端へ行こうとすると、ここの小母《おば》さんと隣の小母さんが話していたよ。」

「なんて。」

「今度来た方は、毎日外ばっか歩いておいでになる。何処《どこ》へもお勤めではないと聞いているから、大方、職探しだろう、って。」

「うるさい婆《ばばあ》だな！」

「まだ、うるさいよ。学士様か何か知らないけれど、あれでは親御さんも並大抵じゃあない。お嫁さんなんて到底、四十位になって頭でもはげなければ貰えません、と言ったよ。」

「なに！　あの婆そんな事をぬかしたか。」

「うん、仲々面白い婆さ。」

「ばか！　何が面白い。おい、ここも出ちまえ。」

「冗談じゃあない。二三日前に入った許《ばか》りじゃあないか。」

「いや、断然出ちまえ。嫁を貰えまいなんて侮辱されて、おめおめ居られるか。」

南原君、すっくり立上り始めた。

「後生《ごしょう》だから頼む、何も悪い婆じゃあない。一寸《ちょっと》、しゃべろくな丈《だけ》さ。女はみんなああしたものだよ。」

「ばかを言え。」

南原君は余程《よほど》、短気らしい、言うが早いか、茶の間の方へ歩き始めた。言い出したらきかない南原君の性格を知っているので、山本君またかと言う顔つきをして、それ以上止めない。

「小母さん、山本の奴、お世話になったけれど、今度、故郷でお嫁さんを貰う事になりましてね。」

と南原君は茶の間に入ると直《す》ぐ、斯《こ》う切り出した。雑誌本かなんか読んでいた小母さんは、

「まあ、山本さんがお目出たなんですって！」

と、身を乗り出して相《そう》ごうを崩した。

「で、急に故郷《くに》に帰らねばなりませんから、一先《ひとま》ず、山本の荷物は僕の家へ運んで、山本は今夜の汽車で発ちます。」

と南原君は超特急だ。

「まあ、まあ、そんなに急に。」

と小母さんは山本君の顔を穴のあく程みつめた。

「母が折《せっ》かちなもんですから。」

と山本君も、大分、二度目なので度胸がついた。今度はお茶をひっくり返《か》えす様な事はしない。

「たとえ、三日でも御縁があればこそ、斯うしてねえ。」

と小母さんはしんみりした調子でゆっくり言った。

南原君は部屋に引上げてから、山本君に、

「あの婆、いい婆じゃあないか、ほんとに頭のはげる迄、お嫁さんを貰えないなんて、ぬかしたか。」

と山本君に言った。

「いい小母さんさ。だから初めから言わない事じゃあない！　今更、俺のせいにするなんて。」

と今度は山本君が不平を言った。

「いい婆だ。然し、それ丈の縁しかなかったんだよ、要するに。」

「もっとあった縁を君がぶったぎったんだ。」

「まあ、そうおこるな。賽《さい》既に投じられたりだ。荷物をまとめようぜ。俺も手伝ってやる。」

「当り前さ。然し、是から何処へ引越すんだ。」

と山本君は自分の事丈に肝心な事は忘れない。

「さあね。」

と南原君の方では人の事だから至極、落《おち》ついている。

「君が責任者だから、兎《と》に角《かく》、君が此《この》問題は始末せねばなるまい。」

と山本君も、いつになく強硬に出た。

南原君、暫《しばら》く考えていたけれど、

「問題もくそもあるか、たかが下宿位。」

この時山本君、「シーッ」と言って、茶の間の方をあごで指した。

「あはははは。」

「うふふふふ。」

二人顔を見あわせて笑って、南原君は今度は一段と声をひそめて、

「俺の家へ来いよ。当分、どこか、君の悪口を言わない下宿がみつかるまで。」

と言った。

「何処に行ったって、浪人者はばかにされるよ。」

と山本君は、如何《いか》なる場合でも悲観論者の態度は忘れない。

それから二時間程してから、南原君と山本君は、運送屋に荷物を運ばせて南原君の家へ移った。

南原君の家と言っても、南原君の自分の家ではない。南原君の母方の親戚なのである。ここから南原君は、三年間、大学へ通学したので、何の遠慮も気兼もない、全く自分の家と同様にしている。

ここの主人は欧州航路船長をしていたけれど十年程前に亡くなって、今は、五十を一寸越した未亡人と、娘の文子さん、それに女中が一人、つまり南原君をいれて四人家族の所へ、突然山本君が飛込んだわけだ。

山本君も、度々《たびたび》、南原君の所へ来るので、勿論《もちろん》、初対面ではなく、笑談口《じょうだんぐち》一つ位きく程、小母さんとも、文子さんとも親しくなっている。

一先ず山本君の荷物は南原君の部屋へおさめてから、階下《した》に降りて、みんなでお茶を喫《の》んだ。

「随分驚いたわ。何の前触れなしに運送やさんが大きなお荷物なんて持ち込んでくるんですもの、でも賑やかでいいわ、是から。」

と文子さんはつま楊子で羊羹《ようかん》を取ろうと苦心しながら、言った。

「宅はもう此通り何もお構い出来ませんけれど、何日でもいらっしって下さいまし。亮さんと来た日には正午《おひる》までは必ず寝るんですのよ。山本さんは朝はお早いんですか。」

と小母さんが聞いた。亮さんとは南原君の名前である。

「ええ、まあ。」

と山本君は、曖昧な返事をして、南原君と顔を合わせて、にやにや笑った。

「山本は今迄の下宿では早起きで悪口云われ、その前の下宿では寝坊で悪口云われたんですよ。あはははは。」

と南原君は何でも、あけすけに言って終《しま》う。

「あら、では朝起きなの、それとも朝寝坊さん、どちら？」

と文子さんが口を入れた。

「朝寝坊して悪口を言われたので朝起きしたんです。所が朝起きしても悪口を云われちゃったんです。どうも浪人者は辛いですよ。今度は、どちらにしましょうか。」

と山本君仕方なしにほんとの事を云った。

「浪人者だなんて、まあ、まあ。御立派な学士様ではございませんの。」

と小母さんが言うと、

「そうよ。山本さんは兎も角も学士様よ。わたし、紳士として待遇してよ。亮さんはだめ。まだ書生さんだから、スツュデントとして扱うわ。」

「扱うはひどいな。」

「おほほほほほ。」

「おほほほほ、ほんとに山本さんは結構でございますわ。御卒業なさって、それなのに、亮さんと来たら、ねえ。」

と小母さんは南原君をチラッと見乍《なが》ら山本君の方に言った。

「はあ⁉」

とも一度、山本君は曖昧な返事をして、南原君の顔をみつめた。当然卒業した筈《はず》の南原君が、どうやら、まだ卒業しない事になっているらしい。南原君はバットをくわえ乍ら、眼でたのむと、笑い乍ら合図した。

「とに角、試験の日割を間違えるなんて、一寸、どうかしていてよ。」

「そうですって。余《あま》りのん気過ぎるから、あんな事になるんですよ。」

と文子さんと小母さんは共同戦線をはった。

「なあに、一年位、一年長生すれば同じ事さ。」

「でも、一年もったいないわ。」

「あきらめた。」

「直ぐそう簡単に片づけるのねえ。そう簡単にあきらめるなんて頭の簡単《シンプル》な証拠だわ。」

と文子さんは一本きめつけた。

「おっと、そう簡単《シンプル》に断定されては困るね。断《あき》らめるんだって色々ある。僕のはあきらめられないと、あきらめた。」

と南原君は文子さんに応酬した。

すると、小母さんが、横から、

「文さん、だめよ、亮さんには口では敗けて終うんだから。」

と言った。

「でも、やっぱり、口だけで学士様のうつわではないわ。山本さんと較べるとよく解るわ。山本さんはどこか学士様らしくてよ。亮さんはまだ、それ丈の品位がついていないわ。一年遅れて丁度《ちょうど》いいのかも知れない。」

と文子さんは敗けない。

「あははは。」

と南原君遂々笑い出して終った。それにつられて、みんなも笑い出した。

その晩、南原君と山本君は床を並べて寝る事になった。寝床に入ってから、

「おい、卑怯な奴だな。まだ学校にいる事になってんのか。」

「うふふふ。実は卒業試験の日割を間違えたって言って、一年延《の》びた事になっているんだ。親父にもここにも。只《ただ》、来年試験を受ける丈で今年は学校へは行かなくていいと言ってある。」

「男らしくないな。そんな奸計《かんけい》を巡らしているのか。」

「そう言うな。どうせ成績が成績だから、一年遊ぶのは間違いないから、初めから計画してあったんだ。第一、卒業しても職がないと云うと、親の身になると辛いからね。それがまだ大学にいるとなれば親と云う奴は安心している。つまり親孝行の一つさ。親さえなければ、こんな事はしないけれどな。」

「うふふふ。君が親の事を口に出したのは今夜が初めてだぜ。」

「そう頭から、こなすな。次にそれに附随して、色々利益がある。日々の仕送りの外に、本代と月謝を堂々と着服できる。」

「驚いたね。」

「うそも方便さ。親の為とあれば仕方ない。」

「あきれた奴だ。遂々親のせいにして終った。然し、親の為と云うのは、月謝と本代同様附随した利益だろう。白状しろよ。」

「おそれ入った。頭がいいな。」

「頭がいいも悪いもあるもんか。俺には先刻《さつき》階下《した》で話している時、ぴーんと来たよ。文子さんの顔を怖る怖る眺めて、それから俺の顔を、眼で拝んだ時に、ははあ成程と思った。」

「おそれ入った。」

「なにも、そんなにおそれ入らなくてもいい。余程、あそこでばらしてやろうと思ったけれど、可哀相だったから許してやった。」

「あははは、みんな惚れた弱身《よわみ》さ。」

「遂々、はっきり云ったな。」

「こうなったら云うさ。人間惚れると、弱くなるよ。職なしでぶらぶらしていると、愛相《あいそ》をつかされるかと思ったからな。」

と言って、

「然し、矢張り白状した方がよさそうだ。はい、実は卒業しました。来年まで職なしです。と情ないが彼女に言って終う。うそと云う奴は、どうも気持が悪いからな。」

「俺も二軒の下宿に葉書を明日出す積りだ。」

「なんて?」

「本郷館には、就職なんて真赤ないつわりと赤インクで書いてやる。あの婆の所へは、お嫁さんなんて真赤なうそと。あはははは。」

「あはははは。」

二人は暗《くら》やみの中で、床の上に腹這いになって煙草に火をつけて、又笑った。

Ⅱ　探偵小説

復讐

京塚承三

「話と言うのは他じゃあない。美代子の事についてだが……」

高木は斯《こ》う云うと、一寸《ちょっと》、立ち止って、新しい両切煙草に火をつけ乍《なが》ら、探る様にジロリと鋭い視線を岡見謙介に投げつけた。

「えっ！　奥さんについて？」

岡見の顔色はさっと青ざめて、その語尾の震えは明《あきら》かに内心の動揺を表わしていた。

六月とは言え、北国の事とて、宵の舗道はまだ薄ら寒かった。二人は明《あかる》い鈴蘭燈《すずらんとう》の灯っている街を、疎《まば》らな人波を縫うて、ゆっくりと歩いていた。

「あはははは、君、何も今更、改めて驚くにもあたるまいよ。話はそろそろ、かび臭い古典の部類に入りかけている代物なんだからね。それを、今夜、僕は事新しく、持ち出そうと云うんだ。この僕の立場こそ、実にお恥《はずか》しい次第だよ。ここまでくれば、もう悲劇以上の喜劇さ。ねえ、そうじゃあないか！　五年と云う月日は随分長い、その五年の間、自分には爪の垢《あか》程の愛情も持っていない妻を、自分を愛していてくれるものだと許り信《ばか》じ込んでいたお人よし、おまけに、他人の子供を自分の子供だと許り思い込んで一生懸命に育てて来た愚鈍さ——自分乍らも、つくづくと愛想がつきて終《しま》ったよ。ねえ！　岡見！　ここまで言ったら君も、今夜の話の大体の見当はついたと思うんだが」

「おい、何とか一言位《くらい》、挨拶してもよかろうじゃあないか。僕もまだ血の通っている男なんだ」

力なく振りかえった岡見の顔は、絶望と慚愧《ざんき》と苦悩を一緒くたにした様な、何とも名状《めいじょう》できない表情で、ぬりつぶされていた。何か云おうと口をもぐもぐさせていたが、軈《やが》て、再びうなだれてよろめく様に歩き出した。高木は立止って、威嚇《いかく》する様にぐっときめつけた。そして、一寸間をおいて、

「あっははははは。是《これ》は冗談さ。俺等はお互にもう三十の声もきいたし、不幸にも教養も持っているインテリである以上、まさか、痴情の果《はて》の刃傷沙汰《にんじょうざた》でもあるまいからな。

然《しか》し、兎《と》に角《かく》、僕と君と美代子と、あのまだ頑是《がんぜ》ない瑛子の——四人の幸不幸に関する問題にはちがいない。相当に審重《しんちょう》に考えなければならないと思うんだ。で、僕は君の偽らない気持ちを此《この》場合、判然《はっき》りと聞いてみたいのだ。そして紳士的に此問題を解決しようじゃあないか。

その前に、一応、僕がこのドラマに於《お》ける自分の配役を——つまりピエロの役割さ、それを如何《いか》にして認識したか、参考までにお話しておこうかね。

君もご存知の様に、僕はここ数年と云うものは、兎角《とかく》、健康が勝れなかった。どこが悪いと云うわけではないが、どうも体の調子がはかばかしくないいんだ。で、一つ精密に健康診断をしてもらってみようかと、五日程前、近くの若い医者の所に行ったのだ。この健康診断は、僕にとっては、意外にも恐ろしい人生診断だったよ。血液検査が終った時、『お子様には御縁がないでしょうなあ』とその医者が云うのだ。学生時代に受けた性病が原因で、それ以来、僕からは子供を作る能力は永遠に取り去られて終っていると云うのだ。僕はこの言葉を最初聞いた時、思わず吹き出して終ったものだ。僕は現に妻の美代子との間に、瑛子と云う四才の子供を持っているじゃあないか！『御笑談《ごじょうだん》でしょう』と云った調子で僕はその若い医学士に笑い乍ら反駁《はんばく》したものさ。所《ところ》が相手は執《しつ》拗《よう》に自分の診断の正確と科学の絶対を、主張するのだ。話が話だけに僕は最后《さいご》に、とうとう、その若い医学士と喧嘩して飛び出して終ったよ。

頭から、そんな事は信じはしなかったものの、矢張り、なんとなく気懸《きがか》りだった。それで、も一人の医者に診察してもらったんだ。するとその結果も前と同じ事だ。その医者は気の毒そうに、お子様はおあきらめなさるですなあ、と云うのだ。さあ、こうなるともう笑い事ではない。喧嘩どころではない。とうとう帝大のR博士の診察を死ぬ様な思いで受けに行ったのだ。R博士は斯界《しかい》の権威だからね。その結果は、今度こそ、完全に僕をKOしたよ。十年前から、僕の生殖能力は喪失していると云うのだ。

ねえ、君、その時の僕の気持を想像してみ給え。美代子は僕の最愛の妻だ。瑛子は、何物にも代え難い僕の愛児だ。この二つが僕の生存の原動力だったからね。

僕はR博士の言葉程、今迄《いままで》に恐しい言葉を聞いた事はなかったよ。死刑の宣告を受けた囚人でも、その時の僕程みじめではないにちがいないよ。美代子と瑛子の二人ともを、僕は、その時に同時に失って終ったのさ。

美代子の不貞と、瑛子は自分の子でないと云う事実を、その時の僕は否応《いやおう》なしに承認させられて終ったのだ。

僕は十年も老いふけて、恥と悲しみと憤りで、半狂いになって帝大病院の門を出たのだ。

それから今日迄の五日間の生活は、御想像に任せるとしよう。

では一体、瑛子の父は誰だ？　この問題はさして六難《むつか》しい問題ではなかったよ。僕の家に殆《ほとん》ど家族の一員の様に絶えず出入する男、僕の最《もっとも》信じきっている男、妻の趣味とぴったり合う趣味を持っている男、――勿論《もちろん》、君より他に考え得る男はないからね。おまけに、あの瑛子の顔が君に生き写しであると云う事を、愚かにも僕はどうして今迄、気付かなかっただろう！

僕の驚愕と悲嘆は甚《はなは》だ大きかった。然し、それに伴う憤怒は、さして大きなものではなかった。それは余りに自分の錯誤が大きかったので、怒るにも怒れないと云う所かも知れないね。

僕は自分でも不思議な位、穏かな口調で、妻に一切の事を尋ねたよ。そしたら、美代子は泣き乍ら、それでも案外すなおに、総《すべ》ての事を打明けてくれた。そして、美代子は、矢張、心から、君を愛していると云うのだ。

で、今度は君の気持ちを、偽りのない所を承《うけたまわ》り度《た》いのだ。人道主義者の言い草ではないけれど、愛のない夫婦は罪悪だよ。愛しているもの同志が結ばるべきなのだ。君等二人が真剣に愛し相《あ》っているならば、潔く僕は美代子を君に譲ろうじゃあないか。

ねえ、岡見、君の美代子に対する気持ちを僕に偽りなく聞かして呉《く》れないか」

高木はここで言葉を切った。

が、その冷い、落《おち》ついた言葉に引き代えて、その眼は、やきつく様な憎悪に燃えて口許《くちもと》はぶるぶると細く震えていた。

岡見は高木に二三歩遅れて歩いていた。血の気を全く失った蒼白さと、額に垂れ落ちている長髪の乱《みだれ》が、岡見の女の様な優形《やさがた》の顔を尚《なお》一層美しく見せていた。

そこは、繁華なM道だった。

店頭の明い灯《ひ》と、春宵《しゅんしょう》のそぞろ歩きの人波のざわめきは二人の会話にはそぐわない雰囲気を醸し出していた。

二人は暫《しばら》く黙って、華やかな人の流れに沿って歩いて行った。

突然、高木が立止ってしんみりした口吻《くちぶり》で云った。

「この飾窓《かざりまど》の装飾はどう思う？　是は僕の制作だよ。ひとつ、何時もの様に君の批評を承ろうか。よく君から批評を聞いたものだ。然し、店頭装飾師高木と、画家岡見謙介との十年の友情も、どうやら今夜が最後であるらしいからね。あっははは」

それはR百貨店の前だった。二間四方もあるかと思われる大硝子《ガラス》が鏡の様に綺麗に磨かれている飾窓の前に、三組許りの夫婦連れが中を覗《のぞ》いて立っていた。

「是は僕の新しい試みだよ。所謂《いわゆる》断裁美学と云う奴を地でいったのさ。ごてごてと並べ立て、ごてごてと飾り付ける従来の方法《メトード》を棄てて、思い切り、無雑作に投げ出して、単純の美を覗《ねら》ったものさ。ね、ほら、あの二つの人形だって、一寸、変っているだろう。完全な一ケの人形に、帽子と服と靴とハンドバッグを持たせる代りに、僕は思いきって、ああバラバラにして、投出してみたものだ。然し、それでいて、こうしてみると矢張り、一ケの人形としての統一とリズムはちゃんと、取れているだろう。どこも不自然な所は眼につかないだろう。ね、岡見、そう沈み込まないで、何時もの様に批評してくれないか」

成程、それは眼新《めあたら》しい飾窓の装飾だった。中央に、女と子供の絹靴下《シルクストッキング》をはいた四本の足が少し斜めに並べられてあった。丁度、レビューガールが、ぽんと軽く跳ねあげた美しい足の様であった。そして、その傍に宙に吊された人形の胴体に水色の婦人用のドレスと、女の子供服が、ふんわりとかけられて、それが足の所まで美しく垂れていた。そしてその衣服の斜上の方に、一つの隅置が置かれてあって、その上に、婦人帽と、少女帽子が、二尺程の高低の差をおいて、一直線に縦に並べられてあった。

硝子越しにみる通行人の眼には、それが何の不自然にも見えなかった。足をポンと軽く跳ね上げた洋服の婦人が、是も同じ様にポンと足を跳ね上げた女の子供を連れて散歩しているのだ。

そして、それが蒼い光線をあびている。そして、そのバックには、リボンで「初春の贈り物」とかかれた大きな装飾字体が六字浮んでいる。よその方々の賑やかな明い飾窓に引代えて、それは、寂しい程、簡単な飾り付けであった。が、どこかにそぞろ歩きの人間の足を止らせるに足るだけの静かな美しさがあった。

「あののびきった四本の足は、こうしてみると、土で作った奴には見えないじゃあないか。さわれば柔かく凹みそうだよ。あの二つの胴体だって、あのドレスを少《ちょっ》と持ち上げている乳のふくらみなどは、全く人形とは思われないね。この飾り付けには僕も相当、努力した事はしたが、要するに、あんなすばらしい材料があったから成功したんだよ。ねえ岡見、まるでほんとの人間の胴体とほんとの人間の足みたいじゃあないか！」

岡見は空虚な眼《まなざし》で高木の声を聞き乍ら明い飾窓をぼんやり眺めていた。然し、彼の網膜には何も映らなかったにちがいない。その顔は苦悩にゆがんで、その唇からは苦しそうな息《いき》がもれていた。

二人はそれから、どっちからとなく歩き出した。そして足は、何時か、M道を右に折れて、海浜公園の方へ向いていた。

「高木、許して呉れ。僕は美代子さんを愛している」

岡見ははじめて、その顔に悲壮な決意を浮べて斯う言った。

「ずっと愛して来た。そして今でも愛している。僕にとっても、美代子さんにとっても、この恋は業《ごう》だ。恐ろしい業だった。罪を犯し、その罪に怯《おび》えながらも、どうする事も出来ないのだ。打明けよう、打明けて裁《さば》きを待とう――そう幾度決心したか知れない。然し、僕等二人はそれが出来なかったのだ。君の僕にかけている絶対の信頼と、君の何の屈たくもない幸福な笑顔をみると、何時も、その勇気が挫《くじ》けて終ったのだ」

「あははは。君が僕に何も打明けなかったのはせめてもの友情だよ。君が僕に示したたった一つの友情として感謝するよ。〝私が殺した男〟と云う映画があったね。あの主人公が自分が殺した男の父母にそれを打明け得なかった様にか！　あっはははは。いや、どうもあっはははは」

「何もかも、とうとう来る所まで来て終った。僕は潔く、君の制裁を受ける。どんな制裁でも」

岡見は呻《うめ》く様に斯う云って高木をみつめた。

「制裁？　ふうん、制裁とは君らしい考え方だね。然し、傷ついた僕が君をたとえ殺した所で、僕の傷は、決してなおりはしないからね。君を制裁しようなんて僕は夢にも考えていないよ。

岡見、ねえ、どうだ。それより此《こ》の人生の悲喜劇を一つナンセンスで結末づけ様じゃあないか」

「ナンセンス⁉」

「そうだ。ほら、あそこに地方巡りの興行師の張っている見世物がかかっているだろう。僕等のお交際《つきあい》も今夜限りだ。僕等はあのインチキな見世物を見物して、右と左にお別れしようじゃあないか。人生なんて、みんな見世物同様インチキだよ。口笛でも吹いて、お互い、朗らかに別れようよ。美代子と瑛子はよろしくお願《ねがい》するよ」

場末の下町の空地に、見世物小屋がかかっていた。安っぽい赤や青の絵具でかかれた不気味な、女の生首の絵が幾枚も掲げられていた。そしてその前に、大勢の群衆が珍しそうに立ち塞《ふさが》っていた。

「さあ、入った。入った。ゾロリと並んだ女の生首、口も聞けば唄も唄う。世にも不思議な生首の晩餐会《ばんさんかい》」

台の上でむちを持った眉見《みけん》に傷のある浅黒い男が声をからして号《さけ》んでいる。

高木は先に立って、つかつかと入っていった。岡見も仕方なく、それに続いていった。

丸太を縄で緊《しば》った、極くお粗末な小屋がけで、それを所々破れかかった天幕で、覆ってあった。

田舎のお祭りの様な臭いと、古井戸の底の様な、不気味な冷さが、そこには漂っていた。

竹で四角に仕切って、その中に、粗末な舞台が出来ていて、なるほど、ビール箱みたいな六ツの台の上には各々髪をふり乱した、物凄い形装《ぎようそう》をした生首が六ツ置かれてあった。白粉《おしろい》のはげかかった顔を時々凹《ゆが》めて、眼を細くあけて見物人をみているものもある。又《また》神妙に、眼をつぶっているものもあった。そしてその所の仕切りの外に大勢の子供や、お内儀《かみ》さんや、子僧さんや娘さん等が二十人程、気味悪そうに覗いていた。

「お菊さあん」入口の親父の節のついた呼声に、

「あーい」と一番右の女の首が、黄色い返事をした。

キャッと、見物人の女子供が悲鳴をあげた。光の全反射を応用して、その首から下を観客の視野に入れない、あの昔からあるありふれたカラクリの見世物の一種だった。

二人は黙って、女子供の後からそれを覗いていた。

「お露さあん、安来節《やすぎぶし》でも唄ってお客さま方に聞かせておあげ」

すると、今度は一番左の生首が、微かに眼を開いて、栄養不良の様な声を張り上げて唄い出すのだった。

「出よう」

「うん、でも一寸、うまくできてるじゃあないか！　子供や女の恐《こわが》るのも無理はないね、あっははは」

二人は、そこを出て、又歩き出した。

そして、五分許りの後に、二人は海浜公園の薄暗いベンチに腰かけていた。

「岡見、今夜の贈り物は確かに受取って呉れたろうね」

突然、斯う高木がニヤニヤと薄気味悪く笑い乍ら、云った。

「えっ？　贈り物？」

「そうだ。美代子と瑛子の事さ」

岡見は、不気味な不安を感じてか、ぶるっと身を震わした。

「あっははは、今夜、僕は美代子と瑛子を君にお目にかけた積《つも》りだよ。百貨店の装飾と、さっきの見世物小屋でね」

「えっ！」

と言って、岡見はベンチから立上った。

「そう、驚いても始らないよ。まあ、腰かけ給え」

「そ、そんな、ばかな！　驚かすのはよして呉れ給え」

「あはははは。僕は御承知だろうが店頭装飾が職業だよ。妻と子供の、足と胴体位《くらい》、飾窓にかざるのは朝食前《あさめしまえ》の仕事だよ。屍体《したい》には、死後硬直と云う結構な現象があるからね。

それにねえ、岡見。二三百円の現金《ナマ》をつかまされば、興行師なんて奴は、どんな事でもするからね。君は、あの六つ並んだ生首の中の真中の二つを、よく見たか？　その二つが美代子と瑛子の生首だったとしたら……。

人間と云う動物はおかしなものさ。生首だと云って、差し出したら、誰も生首だとは思わないものだよ。成程、よく出来てる、って云って、感心するだけの話だよ。あっははは。君は御存じかどうか知らないが、真中の二つ、あの女と子供の二つの生首、あれは、まさか、歌も唄わなかったし、あーいなんて、とんきょうな返事もしなかったからねえ、あっはははは、あっははは。さあ、是で、僕は思い残す事はないよ」

と、言い終ると一緒に、轟然《ごうぜん》と銃声が上って、高木の体が前に崩れた。

唖《あ》っと言ったままで、驚愕《きょうがく》の余り、岡見は何時迄も立ちすくんでいた。

それからどれだけたったたか。

「とうとう、自殺したんだ」

斯う、呻き乍ら、岡見は、ピストルを拾い上げて、失神した男の様にフラフラと歩き出した。

その翌日の新聞には、R百貨店の前での、無名の画家岡見謙介の短銃自殺を報道してあった。然し、海浜公園に於ける高木の死は報道されてなかった。それもその筈である。岡見謙介の自殺の報道記事の掲載されている新聞を、ニヤリと薄気味悪い微笑を洩し乍ら、或《ある》喫茶店で読んでいた男は海浜公園で自殺した筈の高木亮介であった。

× × × × × × ×

以上の一篇の奇怪な物語とは、私が、新宿の裏通りの小《ちっ》ぽけな酒場で、或夜更高木と云う男から聞いた一篇の立ち話を小説風に書き代えたものである。その高木と云う男は、私が此世《このよ》で逢った男の中で、一番、陰惨な暗い面《マスク》を持っていた男だった。最後に、その時高木が附加えた言葉をそのまま、ここに記しておこう。

「私は、画家岡見謙介の持つ、繊細な病的とも思われる位《くらい》弱々しい触覚と、天性の神経質を、巧妙に利用したのですよ。生首も、飾窓の中の胴体も、足も、みんな、私のその場で不図《ふと》、浮んできたでたらめですよ。

岡見は、私の計画通り、私の言葉の総てを信じて、罪の恐怖と、愛人を失った絶望と、陰惨な恐怖心とのために、自殺したのですよ。

私は、私の手を下さないで、見事に彼を殺しましたよ。ピンからキリまでの、お芝居で、岡見謙介を殺しましたよ。

私は見事に復讐しましたよ。あっははははは。

え、美代子と瑛子ですか。岡見が自殺した、その翌日、私は二人を残して家を飛び出しましたよ。今頃、どうしていますか？　時々、夢にみますよ。私は、今でも矢張り、美代子を愛しているんですよ。そして、瑛子も自分の子供の様に愛していますよ」
斯《こ》う語って、高木は陰惨な顔を凹《ゆが》めて、寂しそうに笑った。

黒い流れ

井上靖

極東新報社所属の二等飛行士原郁夫氏は、十八日夜八時、輸送機のホッカー三号を操縦して、O市に向けて、当市を出発したが、そのまま行方不明となり、捜索中の所、本日（二十日）朝、七時、当市を去る東方、約二里の虹ガ浜の松林中に於《お》いて滅茶苦茶に大破せる機体の中央に、焼死体となって、横《よこた》わっているのを、通行人によって発見せられた。

虹ガ浜上空は通常魔の空と称せられて、気流の変化著しく、飛行家には、最《もっと》も恐れられている所である。氏は十八日夜、出発すると間もなく、機体に故障を生じて、墜落したものらしく、原因不明なるも、当夜は、甚だ風が強烈であったため、機翼の張線か或は発動機に故障を生ぜしものと推定されている。

氏は前途を嘱望されていた青年飛行家で、航界の貴き犠牲者として、多方面から同情を引いている。

亮一は化石の様に、じっとこの記事をにらんでいたが、軈《やが》て蒼ざめた顔をゆがめて、呻《うめ》く様につぶやいた。

「総ては予想以上に進行したのだ。一点の失策もない。だのに……」

次の瞬間亮一の眼は、原飛行士墜死事件の記事と並んで報道されている、「美人百貨店娘の自殺」と云う記事を苦しそうに見入っていた。

「だのに……」

も一度、こう、つぶやいて、乱れている頭髪を両手でかきむしり乍《なが》ら、机の上にうつぶした。


二十日朝、当市龍岡町海岸通りの松林中の古井戸の中に溺死している美少女を、小学生数名が発見して、大騒ぎとなった。取調べの結果、D百貨店女事務員、朝倉美代子と判明した。直《す》ぐ九州帝大医学部で、屍体《したい》解剖に付せるも、何等暴行を受けた痕跡なし、又《また》、懐中には十一円余の財布発見せる故、痴漢、強盗の所為とも考えられない。尚《なお》、古井戸の中からは、美代子の屍体と共に、白薔薇三輪発見した。

美代子は、性、快活な評判の美少女で、同僚内の気受も至極よく、家庭的にも、何ら自殺すべき理由を認められない。秘せられた失恋の結果か或は、発作的の精神異常のためと考えられる。

白バラ三輪は同女が抱いて投身せるものらしく、少女らしい処為《しょい》に、殊更《ことさら》、哀傷の念を禁じ得ないものがある。

亮一は俯《うつぶ》したまま、何時までも、頭を上げなかった。

外では、嵐が益々、その暴威を逞《たくま》しうしていた。雨戸には始終、雨が横なぐり吹きつけて、後から後から、幾条もの線を画《えが》いて、流れ落ちていた。そして、杳《はる》か遠くで、どどっと風の怒号が聞えるかと思うと、その度毎に、硝子戸がガタガタと何物かに慄《ふる》えた様に、音をたてた。

彼が、部屋にしのび込んでから、どれだけたったか、兎《と》に角《かく》、火の気一つない墓場の様な冷い部屋で、亮一は長く死人の様に机にうつぶしたまま動かないでいたが、軈《やが》て、顔をあげた。音を立てない様に、静かに、机の曳出《ひきだ》しをあけて、便箋をとり出した。そして、ちぢかんでいる手を息で暖め乍《なが》らペンをとった。そこには云いしれぬ苦悩の色がにじみでていた。

×　×　×

瑛子！　私は今夜嵐の中を帰って来た。そして、書斎の窓から、こっそり忍び込んで、今、最後の手紙を認《したた》めている。

私はお前に、最后《さいご》に一目逢いたかったのだ。此《こ》の世に只《ただ》一人の肉親の妹、――お前に、も一度だけ逢いたかったのだ。

然《しか》し、お前のやさしい声を聞いたら、ぱっちりとしたあどけない瞳にぶつかったら、今の私の決心は微塵に壊れて了《しま》う。それは火を視るより明《あきら》かな事だ。数時間と云うもの、もっと詳しく云ったら、夕方五時に、列車を降りて、駅前の喫茶店で夕刊紙を開いたその瞬間から、ほんの遂先《つい》刻まで、私の頭の中ではお前にも一度逢おうか、逢うまいか、二つの思考が血みどろに争っていた。

考えて考えて、考えあぐみ乍《なが》ら、私は狂人の様に荒れ狂う嵐の中をさまよった。頭から、ぐっしょりと、たたきつけられ乍ら私は海浜をさまよった。そうしている時、私は不図《ふと》、書斎の硝子戸の錠の壊れている事を思い出したのだ。お前に気付かれない様にして、お前に逢える――私はコノ考えに飛上って喜んだ。私はお前に、気付かれない様に、とうとう窓から忍び込んで了った。私は此の手紙を書き終えたら、いや、それはいけない。此の手紙を半ば迄《まで》、書いた頃が丁度いい、私はヴェロナールを一瓶、飲み干すのだ。そして、後の半分を書き終えたら、私はこっそりとお前の寝顔を、見に行こう。只、ほんと一目だけ、愛しいお前にお訣別《わかれ》するのだ。そして、私は再び、嵐の中に出て行こう。その頃、ヴェロナールは、何の妥協も、容赦もなく、私の胸細胞の中で働き出すだろう。お前と長年、暮したこの家を血で傷《きずつ》けたくもないし、屍《しかばね》でよごしたくもない。外では嵐が吠えている。その嵐の中で、真暗い海がさかまき乍ら私を呼んでいる。

お前が、此の手紙を読む時の、悲嘆に暮れた姿がよく浮んでくる。そして、お前が悪魔の様な兄を、うらむ涙ぐんだ瞳がはっきりと浮かんでくる。ああ、それを思うと、私はペンを握っている力さえも抜けて了う。然し、私は勇気を出して書かねばならない。

懺悔《ざんげ》！　そうだ。私の今の気持ちは懺悔だ。何もかも書き終えたら、きっと楽になるに違いない。只、私は今たまらなく心の静謐《せいひつ》がほしい。心の安息がほしいのだ。縹渺《ひょうびょう》とした氷滑面の様な一線の静けさが欲しい。是《これ》が、死んでゆく悪魔の共通した気持かも知れない。私は勇気を揮《ふる》って、何もかも妹のお前に告げて、死んで行こう。

お前は百貨店の女事務員までして、私の学費を出してくれた。お蔭で、私も、後、僅《わず》か二ヶ月で、大学の医科も卒業出来る迄になった。兄さんさえ、立派に御卒業になったら、そう口癖の様に云ってお前は、年頃なのに、美しい着物も着ないで、私の学費を補助してくれた。後二ヶ月！　そうだ、後、僅か二ヶ月と云う所で、愚かな兄はつまずいて終《しま》った。ゆるしてお呉《く》れ。

驚いてはいけない！　朝倉美代子――今日の夕刊で御承知だろうが、あの松林中の古井戸で死体となって発見された朝倉美代子――あの女こそ私の命がけで愛していた女なのだ。此の地上の何ものにも代え難い一人の女なのだ。私はお前に一度も話しはしなかったし、そんな素振りもみせなかった。

娘盛りのお前が、毎日、一生懸命、私のために働いている事を思うと、流石に、私は、美代子との恋愛を、そんな浮わついた事件を、お前に打明ける気には到底なれなかったのだ。

勿論《もちろん》、お前も承知の事と思うが、美代子は矢張、お前が毎日勤めているD百貨店《デパート》の女店員であった。お前は屋上の草花の方の係り、美代子は貴金属部の販売店員《うりこ》であった。朝夕、同じデパートに出入するのだから、勿論、顔はよく見知っている事と思う。

私がよくお前の事を話したので、美代子はよくお前の事は知っていた。然し、そんな素振りは決してみせなかった事と思う。昨年の今頃、二人は不図した事から知り合って、相愛の仲となった。幸福と云う言葉こそ、私等二人に与えられた名であったかも知れない。私も美代子を心から愛し、美代子も私を真心から思ってくれていた。然し、私にはこの幸福も、決して長くは続かなかった。中学時代の親友原飛行士が、当地の極東新報社の航空輸送班に転勤してきてから、二人の間には暗い陰影がさし始めたのだ。

原郁夫と私とは中学時代、兄弟も及ばない様な無二の親友だった。原は飛行学校に、私は高等学校に、中学卒業と共に、別々に分れて了った。然し、再びこのH市で、会合する様になって、暫《しばら》くとだえていた友情が復活した。

彼は度々私の家に尋ねて来た。お前もよく知っている様に、飛行家らしい快活な美青年だ。私は友達としての気安さから、お前にまでも打明けなかった、美代子との恋愛をも原郁夫には打明けていた。そして、美代子にも彼を紹介した。私は原郁夫と連立って、よく、美代子の家を尋ねた。至極、幸福な幾月かが続いた。そうしている中《うち》に、私は美代子の態度に、何となく、以前よりも冷いものを感じ出した。原と、美代子と、私と三人で語り合っている時でも、美代子の私に投げる瞳は、干草の様にカラカラにひからびたものに思えた。そしてそれに反して、原郁夫に投げる彼女の視線は、彼の体全体を、なよなよと這い廻っている様に、何故か思われ出した。恐しい事だった。みんな気のせいだ。そんな馬鹿な事があってたまるものかと私は私自身に言い聞かせた。そして、彼女の言葉までが、私には氷の様に冷いもので、原郁夫には、何か暗に意味を含んでいる様に思われ出した。若《も》しや！　私の心には一匹の猜疑《さいぎ》の黒い鳥が巣《す》喰《く》い始めた。そして、寝ても、起きても、それが私を苦しめだした。

美代子はいつも、

「笑談《じょうだん》じゃないわ、私の心は何時も変りはしないことよ」

そう云って、可笑《おか》し相《そう》に笑い乍ら、強く否定した。然し、それが何となく、空虚に私の耳には響いてくるのであった。根も葉もない嫉妬《しっと》だ、自分の猜疑だ、幾度も、自分に強く言い聞かせてみても、一度、心に巣喰った黒い傷は消えはしなかった。

丁度、今から一月程前の或日の事だった。私は、一寸《ちょっと》、用事が出来て、原郁夫を尋ねた事があった。

「綺麗な娘さんと、何処《どこ》かお出かけですよ」

斯《こ》う笑い乍ら云った下宿のお内儀《かみ》さんの言葉を、私がどんな気持ちで聞いたか察していただき度《た》い。眼がくらくらとくらみ相なのを、じっと我慢して、私は強いて笑い乍ら云った。

「ほう、そりゃ素晴しいな。どんな娘さんですね」

「近頃、毎日いらっしゃる可愛らしい娘さんですよ。何でも、Dデパートに勤めているとか……」

私は皆まで聞かないでそこを飛び出した。恐しい喪失だった。死の裁きだった。それ以上、何も聞き度くはなかったのだ。矢張り！

私は天地が一時に暗くなった様に思われた。その晩、私は一睡も出来なかった。そして、美代子なしには生きていられない。どうしても、再び完全に美代子の心を取返さなければならない、傾いた美代子の愛を引戻すには？　深夜、私は寝床の上に起き上ったまま、遂に恐しい考《かんがえ》に到達した。それは、友、原郁夫を、殺害する事であった。狂った恋情の焔《ほのお》の前には友情などと云うものは、蛍《けい》火《か》の様に儚《はかな》いものだった。私は只原が憎くかった。

それから一週間、私は原郁夫殺害の方法に没頭した。彼を殺害する許《ばか》りではだめだ。尚《なお》、その上、私は立派に犯跡を晦《くら》まして、美代子を得なければならないのだ。復讐を遂行して、且《かつ》、勝利者にならなければならないのだ。あらゆる殺害方法を熟考した結果、私は、只一つの方法しかない事がわかった。虎穴に入らずんば虎児を得ずと云う諺《ことわざ》通り、命がけの方法だった。間違ったら、私自身、命を失わなければならない。成功すれば、完全に、私は犯跡を晦ます事が出来る。そして、遂に、その計画の実行を決心した。

原郁夫は、飛行家と云う荒っぽい職業ににず、非常に、花を愛していた。愛する許りか、草花に関する智識は随分豊富だった。彼の部屋を音《おと》ずれたものは先《ま》ず沢山《たくさん》の花鉢とそれに美しく咲いていている多くの花に喫驚《びっくり》するに違いない。机と言わず、床の間と言わず、一見して、花屋の店頭の感があった。そして、屋根に迄板を張って、そこに硝子張の手製温室を作ってあったりした。シネラリヤ、だとか、ベコニヤ、カーネーションと言った普通、花屋の店頭にある類は勿論、その外、いろんな珍しい花を咲かして喜んでいた。殊に薔薇が好きらしく、温室咲きのや、野性のや、白、赤、黄、薄赤と様々の薔薇の花が並んでいる。

所謂《いわゆる》、花道楽の一人なのだ。

「花を見ると、どうしても、香《におい》を嗅がずにはいられない。花の香って奴は、実に微妙で、ロマンチックないいものだよ。始終、あの嫌な、発動機油で苦しめられている所為《せい》かも知れないが」

原郁夫はよくこんな事を口癖の様に、云っていた。そして実際、彼は道を歩いている時でも、花屋の店頭でも、花を見さえすれば、必ず、顔を花弁の中に埋める様にして香をかいでみるのだった。そして、それが、何とも言えず幸福な陶酔らしかった。

私の計画は、原郁夫のこの習癖を巧みに利用したものだった。

私は大学の薬学教室から、最《もっとも》強烈な魔酔薬《ますいやく》を小さい瓶にいっぱい持ち出してきた。黄色な見るからに不気味な液体だ。是が計画実行の第一歩だった。

十八日の昼、私は原郁夫の下宿を訪ねた。

その夜、原郁夫は輸送機を操縦してＯ市に飛翔する当番である事を私は予め知っていた。

「Ｏ市にいる四高時代の友達が危篤なのだ、是非、一緒にのせていってもらえないかな」

私は真剣に斯う言った。

「困ったな！　輸送機には、誰も乗せてはいけない事になっているんだが。みつかると社でうるさいからね」

彼の答は、私の予想通りだった。

「内緒だったらいいだろう。極く内緒なら、誰にもみつからなければいいだろう」

「それやそうだが。然し、危篤じゃあ、困ったな。よし、乗せて行こう。誰にも内緒だぜ」

万事、うまく成功した。

「妹さんにも内緒にしておいて呉れよ。みつかると首だからね。あはははははは」

原郁夫は斯うつけ加えて、可笑し相に笑った。是で私の計画の半ば成功した理由《わけ》だった。

「初めて乗るんだから、一寸、恐《こわ》い様な気がする。パラシウトの智識だけ聞いておきたいな」

私はこう切り出してみた。

「あはははは、大丈夫だよ。僕が操縦士じゃあないか。落ちたにしても、飛行機の方で落ちないよ。だが、それに落下傘は、ガアゲアルエンゼルと云う最新式のだから、体にくっつけてのって、いざと云う時に只飛び降りれば、何もしないでも、ちゃんと開くよ」

私は、尚、いろいろ落下傘で、降りる時の注意などを、如何にも臆病らしく、詳しく聞いた。そして、夜八時に、飛行場に待っている様に約束して、晩近く帰宅した。

そして、私は途中の或喫茶店で、美代子が店を引けてくるのを待っていた。私は若しかすると、是で逢えないかも知れない、そんな気がしたので、電話で呼び出した。

「お花屋のお妹さんの所で、白いバラ三輪、買って来ましたわ。でも、是をお家《うち》に持って行ったらばれちゃいますわね。一寸、花弁にしみがありました」

美代子はさも可笑しそうに笑い乍ら、白バラ三輪、赤いリボンで結んで下げていた。

「大丈夫ですよ。リボンを取って、途中で買って来たと言いますから」

私は、こう云って、そのバラを受取った。何と云う皮肉な事だろう。私は内心、悪魔の様に笑っていた。勿論、私は、O市に行く事も何も話さず別れた。そして家に帰《か》えった。

その後は、瑛子！　お前の知っている通りだ。九時の急行で、O市に、友達の見舞にゆくと言ったが、勿論、みんな偽りだ。

私は、その夜、原郁夫の操縦する輸送機ホッカー第三号の原郁夫の隣席、普通、機関手が乗れる様に出来ている坐席にもぐり込んだのだ。点火！　と云う助手の声と一緒に、プロペラの爆音を聞いた。そして、地上で、助手が、車輪止をはずすと同時に、原郁夫と私の二人を乗せて、機はO市に向けて飛翔し始めた。万事、上々の首尾だった。助手も私の存在には全然、気がつかなかった。

ここまで書いて来て、私は、今、多量のヴェロナールを嚥下《えんか》した。私は少しも悲しくはない。氷上に坐している様な静かな気持ちだ。外では、益々激しく嵐が荒狂っている。横なぐりに吹きつけられた雨が、硝子戸を伝って、幾条も幾条も、次から次へと落ちている。そして、杳《はる》か遠くの方で、どどっと凄い風の怒号が聞えると、その都度、硝子戸が、何物かに慄えた様にガタガタと音を立てている。

扨《さ》て、私は話の次を急ごう。

その夜は、星こそチラホラ出ていたが、暗い夜だった。H湾の上空二千五百米《メートル》の所を、機は飛翔していた。地上から若《も》し、眺めていたとしても微かな爆音の中を、両翼にポッチリと灯っている赤と青との点燈だけが、暗い夜の大気の中を、東へ東へと動いてゆくのを認める事が出来たのみであろう。上空の夜の大気は水の様に冷たかった。そして、それに混って、発動機油の不快な香が二人を、絶えず襲っていた。

離陸してから、まだ十分位しかたっていなかった。下にはH湾の海岸線に沿って、白砂が長く、どこまでも続いていた。そして、機はその上を、東へ東へと飛翔していた。このH市の燈《あかり》は、可也《かなり》後方に、美しくまたたいていた。

この広い白砂の上を飛翔している時期を失したら、私はパラシウト落下の不安を感じないではいられなかった。

坐席の上に自分がしいている落下傘のひもに、私の手は何度もふれていた。体に確《しつか》りと結びつけてある。大丈夫だ。

「いやに油臭いな。美代子の呉《く》れたバラを持って来たよ。まさか、臭気止になろうとは思わなかったが」

こう云って、私は三輪の薔薇をポケットから出して、原郁夫の方へ黙って差し出した。頬が、妙にけいれんして、喉がカラカラに乾いていた。

「ほう、そいつはすばらしい！」

彼は右手で方向舵を操り乍《なが》ら、左手でバラを受取った。そして、一寸《ちよつと》、微笑《ほほえ》んで、何時もの様に鼻を、その中に埋めた。

一瞬、二瞬、……。私はそれ程、恐しい幾瞬を経験した事は今迄《いままで》になかった。又《また》、それ程、長い瞬間を経験した事もなかった。

どれだけ、たったか、或は、ほんの数秒の事であったか。機が水平に大きくゆれるのを感じると同時に、原郁夫の体が、バラを持ったまま、前にのめった。

私は、非常なすばやさで、薔薇を外に投げすてた。暗い大気の中に、白い三輪の薔薇は、秘密を携えたまま、落ちていった。

その後の事は、私は何も覚えてはいない。

無我夢中であった。

私は機を飛び出したと思った瞬間から恐しい加速度で落下した。それと反対に大気が、胸と云わず、顔と云わず、強い圧力で、苦しく迫ってくる様に感じた。暫《しばら》くすると、私は、ぽっかりと、真綿の上にでも落ちた様に感じた。

私の頭上はるかに、パラシウトは見事に開いたのだ。

それから数分の後、私は、一つの擦過傷《かすりきず》すらなく、深夜の砂上に立っていた。

競争者よ俺が勝った！　皮肉にも瑛子ノクレタバラデ原ハ死ンデ行ッタ！

機は私の降りた地点から二百米も離れた松林の中に、粉微塵《こなみじん》になって墜落していた。そしてその大破した機材の中に、原郁夫の無惨なる屍体《したい》が横っていた。

私は、そこから、直《す》ぐ幾つも砂丘を越え、そして、広い平原を越え、二里余りの人家もない細い道を、歩いて、このH駅の隣りの駅に出た。そして、十一時の急行で、直にO市に向けて発った。

私は、その時、只《ただ》ぐったりと疲れていた。自分の犯した罪も恐しくはなかった。又その成功もうれしくはなかった。死んだ様に、翌朝O市につくまでねむった。

そして、O市で一日を過し、昨夜、再び、このH市への帰途についた。

そして、何と云う恐しい事だ。私は原郁夫の墜死事件の記事と同じ新聞紙面で、美代子の自殺を知らなければならないとは！

美代子のために、私は命がけの恐しい犯罪までやってのけたのだ。どんな恐しい影を背負っても、美代子あればこそ、私は生きて行こうとしたのだ。それが今は、もう美代子もいない。あるものは只、自分の犯した罪ばかりである。

美代子は何のために自殺したか。私には一切判らない。郁夫が墜死した事がまだ発見されない前に、彼女は自殺している。原郁夫の墜死を、悲嘆した余りの行為では勿論《もちろん》ない。病弱ではあったが、どうしてもその為に美代子が自殺したとは考えられない。是《これ》は、私には解けない謎だ。然《しか》し、今更、この謎をといて何になろう。

瑛子！　愛する妹瑛子！　私は総《すべ》てを書いた。もう、是以上、書く何物もない。それに先刻嚥下したヴェロナールは忠実に、私の細胞の中でその働きを表し始めたのだろう。何だか、胸が次第にむかついてくる様な気がする。何もかもゆるしておくれ、瑛子！　愚かな兄の総てをゆるしておくれ。

私は今から一日、お前の寝顔と逢いにゆく。愛らしいお前の寝顔とおさらばして、再び嵐の中に出てゆこう。海が呼んでいる。嵐の中から悪魔の様な海が、悪魔の様な私を呼んでいる。

今は何時だ⁉

×　×　×　×

亮一はペンを置いて、ホッと大きい息をついた。そして、幾枚もの便箋を、丁寧に重ねて、二つに折って、その上に、「愛する妹へ」と大きい字で認めた。ヴェロナールの空びんを卦算《けさん》の代りにのせた。

外では、物凄い風の怒号が一しきり続いていた。そして、スタンドの電気《あかり》が、二三度、消え入りそうに急に、パッパッと暗くなって、又《また》再び持ち直した。電燈の光に照し出されている亮一の顔の半面は、蒼白と云うよりは寧《むし》ろ、薄黒く変って、バラバラに乱れた頭髪が、額《ひたい》にまで、垂れ下っていた。そして、その下に、二つの眼だけが、(眼と云うよりは廃墟の窓とでも云った方が相応《ふさわ》しいかも知れない)視力を全く失ってしまった様に空虚に開いていた。そして、唇までが、全く血の気を欠いて土色になっていた。

軈《やが》て、彼は夢遊病者の様に、ふらふらと立上った。そして、静かに、ふすまを明《あ》けて、隣室に入って、息をこらし乍《なが》ら、瑛子の寝間と接してある唐紙《からかみ》の所まで歩みよった。彼は、暫《しばら》く、唐紙に耳を当てる様にして、隣室の様子をうかがった。始終、ガタガタと音を立てている雨戸のためか、篠つく様に降りしきっている豪雨のためか、瑛子の寝息すらも聞えず、不気味に、静まりかえっていた。

彼は、そっと、少しずつ唐紙をあけていった。書斎のスタンドからのにぶい明《あか》りが、真暗い部屋の中に、流れ込んで、狭い四畳の部屋の一部をにぶく浮び上らせた。と、何か血腥《ちなまぐさ》い異様な臭気が、彼の鼻をぷーんと襲ってきた。亮一は、思い切って、体が入れる丈《だけ》、ふすまを明けた。途端、

「啞《あ》!!」

彼は驚愕《きようがく》の余り、よろよろとよろめいて、ふすまに全身を、もたせかけて、両手で眼を覆った。

血だ！　一面、真赤な血だ！

蒲団もない、安らかな瑛子の寝顔もない。

血だ！　一面、真赤な血だ。その中に、瑛子がうつ俯《ぶ》して倒れていた。

小綺麗な銘仙の羽織と着物を着て、ピストルを右手に握ったまま倒れていた。コメカミの銃創から流れ出た血が、半ば凝結しかかって、畳を染めて、部屋の空気は血腥く濁っていた。

息絶えてから、まだ余り時間は経過していないらしかった。

部屋の隅の小さい机の上に、「兄上様」と記された一通の遺書が載っていた。亮一は狂った様に、瑛子の屍《しかばね》に取りすがったまま、忙《いそ》いで封を切った。

×　×　×

夜になって、とうとう嵐になって了《しま》いました。風が苦しそうに悶《もだ》えて居ります。雨が、そして、

波の音が、張りさける程の悲しみを、抱いて、荒れて居ります。

いいえ、それは私の気のせいです。それはみんな私自身の苦しみですわ。私自身の悲しみですわ。

お兄上様、おゆるし下さいませ。後、僅《わず》か、二ヶ月に迫った御卒業のお喜びも待たないで、瑛子は、今宵、死んでまいります。何《な》んて、悲しい事でしょう。でも、是《これ》が、瑛子に与えられた運命《さだめ》ですわ、きっと。

さあ、私は勇気を出して、何もかも申し上げて了いましょう。お怒りにならず、お終《しま》いまで読んで下さいまし。

私は原さんを、お愛し致して居りました。随分、淫らな女だと思召《おぼしめ》しになりましょうが、どうぞ、ゆるして下さいまし。只《ただ》、ほんとに清い恋でした。そして、原さんも亦《また》、同じ様に私を愛して下さいました。こんな事をたった一人のお兄様に打明けないなんて、確《たしか》に瑛子はいけない子でした。でも、近い中《うち》に、何もかも申し上げ様と、二人で相談して居りました。然《しか》し、もう、今は、そんな心配も無くなって了いました。既に御存じの様に、あの方は、墜落惨死して終《しま》いました。私は、それを新聞で知った時の、驚きは、どんなでしたでしょう。

悲しいと云うよりは、私は只、恐しくなりました。因縁と言うものが無性に恐しくなりました。私があの方を殺したのも同じ事でございます。私の恐しい罪に、神様が、罪をお下しになったのでございますわ。

お兄様、ゆるして下さい。私は悪魔の様な少女でした。ああ、斯《こ》う書き乍《なが》らも、私は私の犯した罪の恐しさに、始終苛責《さいな》まれているんです。

お兄様が、O市に御出発なさったあの日、一昨日の事でございます。五時になって、お店を退こうとして、私は平生《いつも》の様に、屋上で、切花を整理したり、花鉢を温室の中へ運んだり、後かたづけをしている時でした。

「白いバラを三輪程下さいな」

微笑み乍ら、朝倉美代子さんが立って居りました。美代子さんと云うのは、矢張、私と同じ様に、D百貨店の貴金属部で働いている方なのです。私より二ツか三ツ程、年上の方らしく、お店の五十人もいる店員の中では、一際目立って、美しい評判の方でした。

一寸、長目の首の所で上向きにカールした断髪が、とてもよく似合って、毎日幾百人も出入する、お客様の奥様や御令嬢の中でも、一寸、見当らない様な美しい方なのです。紫色の事務服をぬいで、朝出勤なさる時や、お店を引けて、お帰《か》えりになる時は、誰だって、店娘《ショップガール》だとは思いませんわ。私も、同じお店に勤めているのですから、朝晩、御挨拶だけは、お互に替わして居りましたが、お話しするのは、その時が初めてでした。

「今日はお客様ですわ。オホホホ。いい白いバラを下さいな」

が、相憎《あいにく》、その時、白い薔薇は、僅か三輪しか残って居りませんでした。しかも、その中二つには、褐色のしみが、可也《かなり》大きく、花弁について居るのでした。朝、随分、沢山、あったのでしたが、是日《この》に限って、よく売れて、その三輪は結局、売れ残りの傷ものなのでした。で、赤いバラか、でなければ、薄赤いのでは、どうか伺ってみました。所《ところ》が、美代子さんは、笑談まじりに笑い乍ら、

「白がほしいわ。白バラは純情でしょう。是は彼に贈るんですもの。傷があっても、矢張《やはり》、その白をいただきますわ」

と斯うおっしゃるんです。

「では、特別に、赤いリボンで結んで上げますわ」

私も、つい笑談《じょうだん》に斯う笑い乍ら、言って、そこにあった、赤いリボンで、その三輪の白バラを結んで上げました。そして、私も何時か明るい気持ちになって、原さんの事を思い出していました。今度、私も白いバラを持っていって上げよう、斯う独《ひと》り考えて、朗らかな楽しい気持になって居りました。

その晩、お兄様は、O市にお出発《たち》になりました。そして、矢張、その晩は、丁度原さんもO市に、飛行なさる番に当って居りました。

風の非常に強い晩でした。

一寸、寂しい気持で、早く寝て了いました。そして、その翌日、即《すなわち》昨日の事です。

九時から、お店が開きますので、その前にお掃除しておいて上げようと思って、家を一時間程、

早く出て原さんの下宿に行きました。

油くさい飛行服や、汚いお襦袢《じゅばん》や沢山の植木鉢等が、四畳の部屋にいっぱい、ちらかって居りました。私は何となく幸福な気持で、それらを一つ一つ片づけて、お掃除を始めました。下宿の小母《おば》さんの眼が、からかう様に笑って居りました。今頃はきっと、O市で、一晩の疲れを安めていられるに違いないなどと、私は原さんの事を思い出して居りました。

そして、お机の上をふこうとした時、私は失神する程、驚いて了いました。その花瓶の中に、白い三輪のバラが、その中《うち》二輪はちゃんと褐色のしみを持って、入っているではありませんか。而《し》かも、花瓶の口の所で、赤いリボンにきちんと繋り付けられているんです。

私が前日、美代子さんに上げたバラにまちがいないのです。大きさから、枝ぶりから、褐色のしみまで、そして、おまけに、同じ赤いリボンなのです。

この時の、私の驚きを察して下さいまし。後から後から、涙が流れ落ちて来ました。

「私の彼に贈るんですもの」

その言葉が、恐しい意味を持って、襲って参りました。美代子さんの美しい額が、眼が、頬が、幾つも幾つも、浮んできて、そして、それらが、みんな哀れむ様に私を笑って居るんです。この小さい胸は張りさける程でした。お掃除所《どころ》ではありません。

「このバラ、どなたが持って来ました。ねえ小母さん、おしえて下さい！」

私は血相をかえて、階下にかけ降りました。

「あら、大変な御権幕ですね」

小母さんは、笑っていました。小母さんまでが私をからかっているんでした。大粒の涙が後から後からこぼれ落ちました。

「おや、どうなさったんです。泣いたりして、それは、今朝、ヴェランダにおっこちていたんですよ。凋《しぼ》んでいましたが、まだ水を吸い上げたら、と思ったんで、原さんのお机の上の花瓶の中に一寸《ちよつと》、入れておいたのですよ。まあ、泣いたりして！」

誰が、誰が、そんな子供だましみたいな言葉にだまされましょう。お兄様！　瑛子はもう十八です。口惜《くや》しゅうございました。

その日、一日中、お店で、私は考え暮しました。そして、夕方、お店が退けてから、龍岡町の交叉点の所で、美代子さんの帰《か》えりを待ちました。丁度、都合よく、美代子さんは、独りで、小さい袋《ふろ》しき包みを抱いて参りました。

「一寸、お話しがあるんですが、海岸の方へでも、歩いて下さいません？」

思い切って、斯う切り出しました。

「ええ、お供しますわ」

にこやかに微笑みながら、言いました。この美しい顔が、このおとなしそうな言葉が――そう思うと、私の胸は嫉妬で、むらむらに燃えて居りました。私は只、その時は、口惜しさの余り、罵《ののし》ってやろうと思っていただけなのです。そして、原さんの事に関して、判然《はっきり》と、手を引いてもらい度《た》かっただけなのです。決して、恐しい企みなどあったわけではないのです。それが、ああ、とんでもない事になって了ったのです。

今、考えても、恐しい事です。悪魔の儀式なのです。通り魔がさしたのです。

何もかも、順序よくお話しいたしましょう。

二人は、暮れかかった松林を歩きました。人通りは誰もありませんでした。私は、バラを持って行きました。美代子さんに返してやろう。

「あの薔薇の事なんでしょう」

美代子さんの方から、斯う口をきりました。何んて、図々しいんだろう。私は、体がガタガタ震えて居りました。

「ええ、そうですわ。わたし、わたし一人で愛するんです。あなたにだって、誰にだって、愛させはいたしませんわ」

私は泣声になっていました。涙が、こらえきれなくなって、とめどなく出て来ました。

然し、却《かえ》って、それに力を得て、まるで、だだっ子の様に、こう云ってやりました。

「まあ、でも、わたしだってお仲間入させて下さいな。私、お姉様になってはおいや……」

（何がお仲間入だ、何がお姉さんだ）で、

「いや！」

私一言云ったきり、何も云えなくなりました。

二人は黙ったまま、松林を段々、奥に歩いてゆきました。松林の向うに、暮なずんだ海がみえて居りました。

私は、二三間、美代子さんの先を俯向《うつむ》いて歩いてゆきました。（馬鹿にされているんだ。年が少《わか》いので相手にされないんだ。）私はあせればあせる程、何も言えなくなりました。

「あら、こんな所に古井戸がありますわ。まあ！　深い！」

振りかえってみると、美代子さんは、道路（道路と云っても、松林の中に、自然に、人が歩くので出来ている細い道でした）から、三間程、はずれた、雑草のいっぱい生えている中にたって、古井戸を、恐《こわ》そうに覗《のぞ》いて居りました。それは、地面の上に高さ一尺程の朽ちかかった材木を井桁《いげた》に並べてあるものでした。

「でも、随分、危いわ」

美代子さんは、そう云って、幾度も幾度も覗き込んでいました。

私も、つい、好奇心にかられて、そこに行って、覗き込みました。

随分、古いものらしく、苔や不気味な雑草がいっぱい生えた石が組合《くみあわ》されて、その深い奥底に薄気味悪く水面が暗く光ってみえていました。冷《ひ》んやりした冷気が、どっと、身にしみ込んで参りました。

見ただけで、随分恐しいものでした。

私が顔を上げた時、美代子さんは思わず危いと号《さけ》ぼうとした程、体を井戸の上に傾けて熱心に覗き込んでいました。

「蛙ですわ。大きな蛙ですわ。きっと」

そう云って、尚《なお》もじっと覗き込んでいました。

是から、先の事を私は書く元気がございません。お兄様、ゆるして下さい。瑛子は魔がさしたのでございます。考えたって、恐しい、どうして、瑛子に、あんな悪魔の様な事ができましょう。

いけない！　いけない！　そう汗びっしょりになって、私は恐しい考えをおさえつけていましたのに、つかれた様に手がのびて了いました。古井戸の奥底で、不気味な水音と一緒に、かすかな悲鳴が起りました。悲鳴が、言葉は、よく聞き取れませんでしたが、呻《うめ》く様な悲鳴が長く続いて居りました。然し、深い深い井戸の奥底の事です故、それも極く低くしか地上には聞えてきませんでした。

辺りは、薄暗くなっていました。

その夜、即昨夜、私は一睡もできませんでした。眼の周りには、暗いくまが出来て、一晩の中に、頬はげっそりと痩《やつ》れて居りました。

今朝の朝刊を恐る恐る開いてみました。そして、ほっと致しました。それらしい何の記事も見当りませんでした。

お店も休んで、家に閉《と》じ籠《こも》って居りました。

然し、罪の報いは直《す》ぐやって来ました。夕刊を開いた時、原さんの墜死を知りました。と一緒に、私の恐しい罪の結果が報道されてありました。幸い、誰一人、私の秘密を知っているものはありません。然し、それが何になりましょう。もう、原さんは此世《この》にいないのです。私は寧《むし》ろ、美代子さんが羨しくなりました。

私は今、三輪の白バラと、大きな罪を背負って居ります。そして、この哀《かなし》みを携えて生きてはゆけません。

私は、死んで、美代子さんにお詫びを言いましょう。そして、原さんにもお逢いし度いのです。お兄さん、瑛子をゆるして下さい。瑛子の我ままも、瑛子の恐しい罪もゆるして下さい。

涙腺は枯れて了ったのでしょうか、今は一滴の涙も出ません。

ピストル——お兄様のピストルで死なせて戴きます。——には弾丸も入れてあります。

引金を引くだけです。末長く御幸福でございます様、お祈りいたします。

今十時です。嵐はますます吹き荒んできます。では永久にさよなら！

× × × ×

亮一は狂人の様に、手紙を握ったまま、瑛子の屍体《したい》を抱きしめていた。

その口からは、タラタラと不気味な色の液体が流れ出していた。

夜はすっかり更けていた。

外では、相変らず、風と雨と海の波濤の響《ひびき》が、海浜の小さな一軒屋を巡って、悪鬼の様に、陰惨なリズムで踊り戯《たわむ》れていた。

「恐しい！　何もかも恐しい」

人間の声とは思われなかった。

「俺が殺したのだ、誰もかも、みんな俺が殺したのだ。うわっはははは」

笑いだけが、血腥《ちなまぐさ》い空気を震わして、ひびいていった。

亮一は、二三度、起き上ろうとしたが、その都度、畳の上に意気地なく倒れた。

そして、バリバリと畳を引掻《ひっか》く様にして、這《は》い出した。手と足が、けいれんして、幾らも進まなかった。転げながら、又《また》はのたうち乍《なが》ら、書斎に迄《まで》、やっとたどりついた。

やっとの事で、彼は、先刻認めた瑛子宛の遺書を摑《つか》んだ。そして、瑛子の認めた遺書と一緒にして、それにマッチの火をつけた。ボーと黄色い光を出して、それらは燃えていった。

「恐しい、薔薇が舞ってゆく。薔薇が風の中を飛んでゆく、悪魔め、うわはは、悪魔め！　うわはははは」

苦しそうな笑い声は次第に、かすかに、絶え絶えになって、行った。そして、遂《つい》に、嵐の音に全てかき消されて了《しま》った。

× × × ×

翌日の新聞には、

海浜の惨劇、兄妹心中！

として、亮一と瑛子の死が報ぜられてあった。誰も、嵐の深夜、海浜の一家に起った兄妹の死の真相を知っているものはなかった。と同時に、原郁夫の墜死事件と、朝倉美代子の投身事件の真相をも知っているものはなかった。

嵐は名残なく静《しずま》って、海面は穏かに澄んでいた。

白薔薇は語る

岩嵯京丸

一

「どうなさったの、いやに苦い顔ばっか、してんじゃあないの。お飲みなさいな。」

女は安っぽいウイスキーを男のグラスに注《つ》いで、それから、

「私も頂いてよ。」

と言い乍《なが》ら、自分の前のグラスを一杯に充《みた》して、もう何杯めかのウイスキーを、ぐっと一息に煽《あお》った。

首すじの所でふんわりと上向きにカールした断髪、垢《あか》じみた銘仙の着物、そして疲れきった鈍い皮膚《はだ》の色、——それらがしどけない姿態で、女の阿婆擦《あばず》れた過去の歴史を酒場の薄暗いボックスの中へ、さらけ出していた。

外は相変らずしんしんしんと吹雪《ふぶ》いていた。

時折、遥か遠くから真黒い風の唸《うな》りが、原始鳥の羽搏《はばた》きの様に、不気味に押し寄せて来た。そして、その都度《つど》、硝子《ガラス》窓がガタガタと怯《おび》えた様に音をたてて、戸の隙間から、粉雪《こなゆき》が颯《さつ》と吹込んできた。そしてその後にきまって、絶え入りそうな一瞬の静寂が襲うのだった。然《しか》し、それもほんの束の間で、直《す》ぐ又《また》もとの、風の叫喚と、のたうつ雪の苦悶と、——しんしんたる吹雪の夜の咆哮《ほうこう》に変って行った。

もう十二時を大分、廻っていた。

他の三人の女給たちは、ストーブの向うで、一つ机に俯伏《うつぷ》して居睡《いねむ》りをしていた。そしてその傍らで、バアテンダーが一人、古雑誌に夢中に読みふけっていた。

「ばかに寂しい酒場だなあ。」

「おほほほほ、こんな吹雪の夜更けに、誰だって来ないわよ。たまに来れば、あんたみたいな人間離れのした人さ。」

「人間離れか!」

男は一寸《ちよつと》寂しそうに笑い乍ら、

「それに違いない、そろそろ今夜あたり、人間稼業から足でも洗うと、しようかな。」

「あたしは、もう、とっくの昔に、死ぬ事なんざあ、考え倦《あ》きたわよ。」

男の顔をチラッと盗み見ながら、女は棄《す》て鉢《ばち》にうふふふふと鼻で笑った。

卓《テーブル》の上には、バラが一輪、壊れかかった硝子の花挿しにさしてあった。その白い花弁が冷さをいっぱい吸って、いたいたしく項《うなだ》低れていた。

人間離れ、――女の斯《こ》う言ったのも決して無理はなかった。今宵、雪烟《ゆきけぶ》りの中で、墓場へ行く道を見失って、ふらふらと此《こ》の酒場へ紛《まぎ》れこんできた一人の亡者、そう形容するのが一番この男には相応《ふさわ》しい。男の全体が、暗い一つの陰影《かげ》なのだ。乱れて瞼《まぶた》まで垂れ下《さが》っている髪も、その下に、ほんのお役目に廃墟の窓みたいにあいている二つの眼も、痩せこけた頬も、――何もかもがじめじめした暗い影で塗りつぶされているのだ。

「あんた、此《この》町の人じゃあないわね。何処《どこ》に泊ってるの。」

「宿なし。」

「あら、じゃあ、何の御用で、こんな田舎に。」

「用事⁉　そんなものもないさ。来たくなったからやってきて、飲みたくなったから、ここへ飛込んだって、わけさ。大方、此バラでも、俺にお出《い》で、お出ででもしたのかも知れないよ。」

男は、両手で、頭をかかえて、何か深く考え込み乍ら、斯う答えた。

「あら、ばらが⁉　おほほほほ、断然、気に入ったわ。まあ、飲みましょうよ。旅のお方。」

女はもう大分、酔っていた。ふらふらし乍ら一杯ついだグラスを、バラの花弁に一寸ふれて、そして、それを一息にのみほした。

「ばらって言えば、あたしは、昔、それを売っていたのさ。Hの町で、毎日、売ったものさ。その頃はまだ、純で、初心《うぶ》で、生娘《きむすめ》で。」

「H？　あの九州の？　俺もあそこには住んでいた事があるよ。」

「あら、そう。」

女は一寸、懐しそうな笑いを浮べ乍ら、

「そのHで、あたしは、花売娘だったのさ。毎日、バラの香の中で夢をみて、おほほほほ、それが、遂々《とうとう》、バラの棘で身を滅して。」

此時、隅の方で、

「瑛ちゃん、もう閉店《しめ》るから、お客さんに。」

「なに云ってんの、今夜、私等《あたし》は飲み明すんだわ。こんな晩、お酒でも飲まなくちゃあ……」

「困るなあ、そんな無茶な。」

「無茶でも何でも飲むわよ。ウイスキーは此の大壜一瓶で結構、あんたら、どんどん奥へ行ってねたらいいじゃあないの。」

女は、一気に斯う捲《まく》したてた。

「困るなあ、瑛ちゃんは。」

バーテンダーは不請不請《ふしょうぶしょう》に奥に入って行った。そして、いぎたなく睡っていた三人の女給等も

「お先《さ》きに。」と言い乍ら、寝ぼけた顔を奥に消して終《しま》った。

夜が更けるに従って、吹雪は益々つのっていた。

「ねえ、何か、お話しなさいよ。変に、深刻な顔なんてしないでさ。さめちゃうじゃあないの。」

暫《しば》らくして、男は思い出した様に、立《たて》つづけに二三杯ぐっと煽って、初めて、ニヤリと薄気味悪い笑を、浮かべた。

「俺もバラに付《つい》ては、一寸面白い話しがあるぜ。」

「あら、どんな。」

「人殺しの話さ。」

「えっ！　じゃあ、あんたは。」

突然、女は椅子から、飛《とび》のく様にして立上って、じっと男を睨《にら》み乍ら号《さけ》んだ。その顔には何故《なぜ》か恐怖の色がありありと浮んでいた。

「どうしたんだ、俺が恐《こわ》くなったのか。人殺しの俺が。」

「なあんだ。まあ驚いた。あんたが殺したの、そお、あんたが殺したの、私は又、おっほほほほ、おっほほほほ。」

女は、今度はヒッステリックに、何時迄《いつまで》も笑いつづけて、ハンケチで、額の油汗を濡《ぬ》ぐって、再び腰かけた。その顔には一瞬間前の、あの大袈裟な恐怖の表情はいつか消えていた。

「あんたが殺したの。まあ面白い。じゃあ、も一杯、そして、あたしもと。飲み乍ら、ゆっくり承るわ。」

二

「こんな吹雪の夜、而《しか》も北陸の小《ち》っぽけな酒場で、俺は自分の秘密を喋ろうたあ、思っていなかったよ。此《こ》の白い薔薇をみていたら、妙に、何もかも喋っちまいたくなったのさ。いや、ことによったら俺の心の中で、バラの野郎が喋るのかも知れないよ。あっははは。人間って奴は、なかなか秘密を持ったまま墓場には行けないものだ。」

「まあ、前置きがなかなか、お上手だわ。あんたの云う通りよ。だからさ、何もかも、私にぶちまけて、それから凍《こごえ》るなりと、土左衛門になるなりと御随意にだわ。きっと、天国に行けてよ。」

女は、男のくわえている煙草に火を付けてやり乍《なが》ら、あばずれた調子で斯《こ》う云った。男はそれに、お構いなしに、どろんとした暗い視線を、汚れた女の襟足《えりあし》に投げながら、重たそうに語り始めた。

「五年程前の事だ。その頃、俺はHの医科大学の学生だったよ。俺の一生の中で、その頃が、一番はなだったさ。親父や、お袋こそ無かったけれど、親譲りの資産で、別に不自由はしなかったし、それに、光子って云う、可愛《かわ》いい娘とお互に惚れ合っていたし……。

光子は、モナミって云う舞踏場《ホール》の躍子《ダンサー》だった。赤いリボンの水兵服のよく似合う子で、どうみたって良家の令嬢って云った風な上品な娘《こ》だった。総てそのままで無事に月日が流れていたら、俺等は世界一の幸福者だったに違いない。

だが、人間の幸福なんてものは、毎日のお天気よりも頼りないものだ。何時《いつ》、曇るか、何時、雪になるか、さっぱし、見当はつかないんだ。俺等の幸福も、御多聞に洩れず何時か、曇って、何時か、遂に、恐しい嵐になっちゃったってわけなのさ。

それは、毎晩、モナミに光子を目当に通う一人の男を発見したのだ。実は、光子を張りに、毎晩、躍《おど》りに出掛けた連中なら、その男の外にまだ幾らでもあったんだ。そこに躍りに行く奴等の大部分はみんな光子を狙ってる狼だと云ってもいい位《くらい》だった。それなのに、俺はその一人の男だけが妙に気にかかって、恐《こわ》かった。つまり、その男は飛び抜けて、男らしい容貌で、最初に一目、その男をみた瞬間から、俺の心には何か真暗い不安が巣喰い出したんだ。その男は極東航空輸送会社の二等飛行士で、背のすらりと高いクーパー張りの美青年だったよ。」

「二等飛行士！　一寸《ちょつと》、その男の名は何て云うの。ねえ、その男の名よ。」

突然、女が尋ねた。

「その男の名か、さあ、村岐飛行士とでも云っておこうかな。」

「村岐⁉　ムラキ⁉」

そう云った、女の恐しい程、真剣な眼がギクンと男の心をついた。

「おい、どうしたんだ。何か思い当る事でもあるのか。」

「おほほほほ。どう致しまして。村岐なんて男、知っている筈がないわよ。」

そう云ったものの、女は、何か考え深かそうに、じっと、卓《テーブル》の一隅をみつめていた。ム・ラ・キ、女は幾度も口の中で微かに号《さけ》んでいた。硝子《ガラス》戸に横なぐりに吹きつける外の吹雪の音でそれは男の耳には入らなかった。

男は、ウイスキーのグラスをなめる様に唇に当てて、寒そうにオーバーの襟を立てた。

「果して、間もなく俺の漠然たる不安は事実となって表れて来た。何よりも先《ま》ず、光子の眼が判然《はっきり》と物語っているのだ。それ迄《まで》は、誰と躍っている時だって、どんな隅の方で躍っている時だって、光子の視線は、やさしく俺に微笑みかけていたものだ。所《ところ》が、何時か、村岐と躍っている光子の視線は、もう決して、俺の方には投げられなくなったんだ。夢みる様に、うっとりと村岐の頑丈な胸の所で、咲いているのだ。

そして、たまに、ほんとにたまに、俺の方に光子の視線が投げられても、それはからからにひからびた何のうるおいもないものになった。

こんな事を、くどくど云っていても仕方がない。要するに、光子の総《すべ》ての態度が、ガラリと変って終《しま》ったのさ。

恋している男に取って、相手の女は、自分の生命だ。女を取り戻す為には、自分の生命を守るためには、も早《はや》、どんな犠牲だって、手段だって、選びはしないんだ。是《これ》が、俺の村岐飛行士殺害の動機なんだ。

そして、殆《ほとん》ど一ヶ月と云うもの、俺はまるで血に餓えた魔物だったよ。寝てもさめても村岐殺害の方法の外何も考えなかったものだ。遂々《とうとう》、或夜更、俺はすばらしい方法を考え出した。日本の、いや世界の犯罪史上にだって、一度だって、行われた事の無《な》い方法だ。どんな事をしたって、その犯跡を認める事は出来ないんだ。

どうする積りだって？ あっはははは、俺は、只《ただ》、村岐の紳士らしい瀟《しょう》しゃな習慣を発見して、それを利用する方法を考えただけだよ。

村岐飛行士は、不幸にも、大変、花が好きだった。そして、花さえ見れば、一寸その香を嗅がずにはいられないと云うお上品な習慣《くせ》があったのだ。ホールにやって来た時でも、先ずドアーを押して入ると、直《す》ぐ隅置の上の花束に顔を埋める様にして、香を嗅いだものだ。又その紳士らしい、一寸いきなスタイルが、ダンサーには騒がれたものだよ。街を歩いている時でも、花屋の店さきを通りかかると一寸立止って、花束の中へ顔を嬉《う》れし相《そう》に埋めたものだ。花を手にとると、必ずその香を嗅がなけれやあいられないってお上品な習慣《くせ》――それを俺は只利用しただけなのだ。

扨《さ》て、第一の手段として、俺は親しげに村岐に接近し始めた。幸い、彼には友達が無かったので、直《じ》きに、俺とは親しくなれた。そして、間もなく、十年の知己《ちき》の様に、俺等は下宿を繁く往来し出した。

次に第二の手段としては、俺は飛行機に関する、二三の常識を研究したんだ。例えば、極東航空輸送会社のホッカー機に備え付けてある、パラシウトはガーヂアルエンゼルと云う最新式の物である事、そして、そのパラシウトは只、腰につけて飛び下りさえすれば自然に開傘《ひら》く様に出来ていると云う事。そして、パラシウターとしてのあらゆる注意。そして又、R半島上空が、日本航空家にとっては、魔の空と云われて、最《もつとも》、恐れられている所で、気流の変り安い、遭難事故の非常に多い所だと云う事――まあ、そう云った様な事だ。

次に第三の手段としては、只、機会の到来を待つだけだった。

今、考えてみると、随分恐しい冒険だ。絶対にばれると云う心配のない限り、まかり間違えば自分の生命を失わなければならないんだ。虎穴に入らずんば虎児を得ずって云う譬《たとえ》がある。俺はその教訓をそのまま、実行したのさ。

五月六日、遂々、待っていた機会がやって来た。その夜、八時、村岐はホッカー機を操縦して、臨時に、O市迄飛翔する事になったのだ。夜間飛行――是が俺の一日千秋の思いでねらっていた機会だ。

俺はその日の午後、村岐の下宿を訪ねた。

『一つ、お願いがあってきたんだ。聞いてもらえるかしら。』

村岐は、人のよさそうな美しい顔を不審相《そう》に傾けて、

『改まって、一体、どんな事？』

『実は、今、O市の友達から危篤の電報を受取ったんだ。高校時代の親しい友達ではあるし……。どうしても、生きてる中《うち》に一目逢いたい。で、ふと、君の事を想い出してお願いに上ったわけだ。丁度《ちょうど》、君は今夜、O迄、飛ぶ事になっている。是非お願いする。一緒にのっけていってくれ給え。』

俺は、至極、まことしやかに哀願の口調よろしく斯う云った。

村岐は一寸困惑の表情を浮べて、

『主任の奴がうるさいんで、絶対に輸送物以外に、外の人を乗せるなと云われているんだが。』

万事、予想通りの返事だった。

『一生のお願いだ、是非頼む。外の人に発見されなければいいわけだろう。何しろ、友達が死にかかっているんだ。』

俺は、全身の神経を耳に集めて、村岐の返事を待った。

『よし、それなら乗っけよう。その代り絶対に口外しないで呉《く》れ給え。首が危いからね、あっははは。』

頼まれたって、口外する筈があるもんかと俺は心の中で夢魔の様に笑っていた。

そして、その夜の打合せをして、家に帰った。是で十中八九迄の成功さ。

所が、何と皮肉な事だ。丁度、光子が、白い三輪の薔薇を白いリボンで包んで、久し振りに俺の所に訪問していた。光子の呉れた薔薇で、そうだ、この薔薇で、俺は此の皮肉の結末を考えて、一人悦に入っていた。

一束の白薔薇、一壜の強列な魔酔薬、これで万事準備は完了したわけだ。」

男は、ここで、話を一寸、きって、身をぶるっと振わしながら、口許に残忍な微笑を浮べて女をかえりみた。女は黙ってその話に、じっと聞き入っていた。

「扨て、夜の八時だ。助手がプロペラをぶーんと廻転《まわ》して、それから車輪止を引いた。機は静かに滑走して、二三回、強くバウンドしたと思うと、すうっと浮び上った。

『もう、大丈夫だよ。』

村岐のそう云う迄、俺は操縦席の床に平蜘蛛《ひらぐも》の様にへばりついていたのさ。万事完全すぎる程、完全に計画は進んだのだ。村岐以外、誰一人、俺の搭乗している事は知らない。

両翼に灯《つ》いている赤と青の点燈《あかり》が、冷い大気の中で、微かに揺れていたのを、俺は夢の様に覚えている。機は二千米の上空を、海岸線にそって、飛翔《とび》つづけていた。魔の空と云われているR半島の上空は飛行場から、五里位しか、離れていなかったので、間もなく、半島の白い砂原が夜目に美しく見え出した。

風は大分、強かった。

発動気油の、嗅《くさ》い臭いが、冷い夜気にまじって、ひっきりなしに、俺等二人を襲っていた。

『すっかり忘れていたが、今日、町で、モナミの光子に逢ったら、君にバラの花をあげて呉れって、頼まれたよ。まさか、あの娘《こ》も、このバラが飛行機に迄、のろうとは思わなかったろうね。』

俺はたしか、こんな事を云い乍ら、例の白いリボンで結んだ三輪の白バラを、無雑作に差し出したのさ。バラに？　勿論《もちろん》さ、強烈な魔酔薬がふりかかっているんだ。あっははは。」

ここまで、じっと聞いていた女は、何故か、口を引《ひき》つった様に、痙攣《けいれん》さして、わなわなと震える手で、ウイスキーを二三杯、続け様に飲みほした。

男は憑かれたものの様に夢中で続けた。

「村岐は、右手で、操縦舵を、確《しっか》り握り乍ら、左手で黙って花を受取った。

一分、二分、……俺は、その時位、長い時間を経験した事はなかった。実は、ほんの僅かな時間だったかも知れない。腋《わき》の下からは、油汗がタラタラにじみ出ていた。恐しい瞬間だった。俺は前方の闇をにらみつけていたけれど、隣席の村岐飛行士の一挙一動をも見落しはしなかった。

突然、機が水平にぐらぐらと強くゆれた。その時は予想通り村岐飛行士は、花束に顔を埋めたま、操縦舵によりかかる様に、うつ伏していた。薬は忠実にその役目を果したのさ。

その一瞬間、俺は花束を摑みとるや否や、真暗い夜気の中に投げすてた。二千米上空から、そいつは、風にのって何処《どこ》かへ流れていった。

俺は無我夢中だった。パラシウートは俺の腰に確りくっついていた。俺は機を思い切って、蹴って、身を躍《ひるがえ》した。

あははは、それから幾分かの後、俺は腰と手に、数ヶ所の擦過傷《かすりきず》を得ただけで、生命に別条なく、R半島砂原に立っていたよ。

飛行機か？　それは、三十米も向うの松林の中に粉微塵に砕けて、勿論、村岐は、一目もみれない程、粉々になって、死んでいたさ。

三日の後の新聞に、村岐飛行士の遭難が大々的に報道されていた。尊き航界の犠牲者とか又も魔の空の遭難、とか云った風に。世界中の名探偵が集ったって、一点の疑念も見出せはしないさ。殺人犯人の俺は今でも、こんなに立派に自由に生きているんだ。

俺の計画には何一つ誤算《エラー》はなかった。何一つの失敗はなかった。だが、誤算は外にあった。失敗は外にあった。」

男は苦しそうに、太いため息をついて、自分自らを呪う様に寂しい笑いを浮べた。

「村岐遭難の記事の載っている同一紙面で、俺は、光子の自殺の記事を、古井戸へ投身自殺したと云う記事を発見したのだ。

俺の命懸けの冒険も、恐しい殺人も、みんな光子あればこそだ。その光子が自殺したのだ。何のために、何の理由で――それは永久に判らない謎だ。

まだ村岐飛行士の死が発見されない前に、光子は自殺しているのだ。だから、決して村岐の死に対する悲しみの余《あま》り、自殺したのでない事は明《あきら》かだ。

俺の全生命である光子はない。あるものは、只、恐しい犯罪の記憶だけだ。その暗い影だけだ。光子を失った俺、五年の歳月が、俺をこんな人間にしたのさ。俺の計画には一点の誤算もなかった。誤算は外にあった。それは運命だ。光子を狂わした、発作的に光子を狂わした運命って云う魔物さ。」

三

「まあ、素敵！　お蔭で、大変面白かったわ。人殺しやさん。」

夜は悉《すっか》り、更けていた。

吹雪を衝いて走る列車の汽笛が、かいかいかいかの音の様に、冷く氷っていた。そして、ストーブは悉り消えて、ガランとした部屋は墓場の様に冷かった。

男は、長い物語を終えて、失神した様に、卓《テーブル》に俯《うつ》ぶしていた。

「ねえ、人殺しやさん。今度は、私《あたし》の人殺しのお話をきいてくれない⁉　あんたのより、も少し、ねっちりしているわよ。」

「え！」

「おほほほほ。あたしだって、人の一人位なら殺しているわよ。そうでもしなければ、こんな所で、あんたのお相手なんてしていないわ。」

男は一寸《ちよつと》、顔を上げて、女のヒステリックな言葉を聞いていたが、軈《やが》て、それも興味なさ相《そう》に、又《また》前の様に卓《テーブル》にうつぶした。

そして、暫《しば》くして、外套《がいとう》のポケットから、小さい薬の袋みたいなものを取出して、その中の白い粉末を、水の入っているコップに流し込んで、それをゆっくりといた。そして、一息に、ぐっと半分程、飲みほした。

「おほほほほ。」

その時、女の狂《きちがい》じみた声が、かん高く聞えたかと思うと、女は急にコップを引たくる様に奪い取って、ぐっと一息にのみほした。

「いけない、そいつは毒だ！」

男が周章《あわ》てて、立上った時は遅かった。

「それ位の事は、知っているわよ。卑怯者！」

女の顔は恐しい程蒼かった。

その眼は、血みどろな殺気をおびて妖しく輝いていた。

「自分ばっか、勝手な話をしておいてさ、さっさと死仕度だなんて、一寸虫がよすぎるわよ。さあ、今度は私の話す番さ。ねえ、旅のお方、おほほほほ。私の話だって、少しは参考になるかも知れないわよ。」

男は猜疑《うたがい》深い眼で、じっと女をねめつけた。

四

「一寸《ちょつと》、最初にあんたの台詞《せりふ》をお借りしてよ。私《あたし》だって、私の秘密をさ、見ず知らずのあんたに、而《しか》もこんな吹雪の夜更けに聞いて頂こうたあ、遂《つい》、先刻までは、夢にも想ってはいなかったわ。この白い薔薇が私の心の中で、お喋りするのかも知れないわね。おほほほほ。

扨《さ》てと、その頃、あたしは、矢張、H市で、ほら、御存じでしょう、あの中州と云う一番目貫《めぬき》の街頭で、毎日、花を売っていたのよ。薔薇だの、シクラメンだの、カーネションだの、季節季節の花束を毎日、売っていたんだわ。勿論《もちろん》、あたしは幸福だったわ。

木村さんと云う、とても素適な方が、私を可愛がってくれたし。」

「木村⁉」

「おほほほほ、おほほほほ。そうよ、木村さんて云う若い方よ。あら、何故《なぜ》、そんな顔をなさるの。

その木村さんて方の御商売は、まあ、こんな事はどうでもいいわね。お薬の利かない中《うち》に、先《さ》きを急ぐとして。

その頃、あたしは、何の世間も知らない全くの小娘だったので、嫉妬なんて気持は、これっぱかしも、持合せはなかったのよ。只《ただ》、時々、往来で、自分より美しいお嬢さんや、華美な洋服の娘さん等を見ると、若《も》し、木村さんに、あんな美しいお知合が出来たら、私みたいな貧しい花売娘は棄てて終《しま》われるんじゃあ、ないかしら——と、まあ、斯《こ》んな、やるせない寂しさを時折、感じる位のものだったわ。

けれど、若い、十七八の小娘には、斯うした感傷《センチメンタル》な——この位な羨《うらやみ》なら私だって知っててよ——寂しいやるせなさが、一寸とした事から、とんでもない事を引き起すものだわ。御多聞に洩れず、私もその一人だったてわけさ。

確か、五月の初め頃だったと思うわ、なにしろ、バラが沢山咲く頃だったから。

その日、丁度《ちょうど》、私位の年恰好の快活な美しいお嬢さんが、

『バラを下さいな。白いのがいいわ。』

斯う言い乍《なが》ら、眼を徒《いたず》らっ子みたいに、くるくる廻して、

『特別いいのをね、私の大事な方に上げるんですから。』って笑談を言って、三輪の白いバラを買って下さったの。『私の大事な方にあげるんですから。』って、そのお嬢さんは判《はつき》りと言ったわ。ねえ、よく聞いていらっしゃい。その方は間違なくそう云ったんだから。

私も、遂、その娘さんの朗《ほがらか》さに引込まれて、自分が何時《いつ》も、木村さんに上《あ》げる時の様に、際立

っていい三輪の白バラを、白いリボンで綺麗に、結んで上げたわ。

そして、そのバラを嬉《う》れし相《そう》に抱えて歩いてゆくお嬢さんの美しい後姿を眺め乍ら、何時か、私は例の寂しさにとりつかれて終ったのさ。若し、あんな、美しい方が、ああしてバラを持って、木村さんの所へ尋ねていったら、きっと木村さんは、私の事を悉《すつか》り忘れて終うにちがいないわ——って風な甘い寂しさよ。後で、知った事なんだけれど、その娘さんは津美子さんって云う名だったわ。ツミ子って云う。」

女は、ここ迄、話してきて、探る様に男の顔を凝視《みつ》めた。電燈の加減か、男の顔は、死面《デスマスク》の様に、蒼ざめて、眼は軽くつぶっていた。

「問題はその翌日だわ。丁度、その日木村さんは前夜から、御用事でお留守だったの、で、私はお部屋でも片づけて、きれいにお掃除でもして上げ様と、楽しい気持で、下宿に、いそいそと出掛けて行ったものだわ。

所《ところ》がどう！　私はとんでもない恐《こわ》いものを木村さんの机の上でみつけて終ったのさ。

少し、凋《しぼ》んでいたけれど、昨日、例のあの娘さんに売ったバラじゃあないの！　ええ、私は判りと覚えていたわ。白いリボンから、その結び方から、何もかも、寸分違わない昨日のバラだわ。

天地が急に真暗くなって、涙が止途《とめど》なく流れ出して……。前の日のあの夢みたいな心配が、遂々《とうとう》、ほんとになって表われたんだわ。私は狂人みたいになって、下宿の小母《おば》さんをきつ問してみたのさ、

すると、

『まあ、あのバラですか、今朝、私がお二階の木村さんのお部屋の窓の所の屋根で、拾ったんですよ。まだいいので、もったいないから、花びんにそのまま、入れておいたんです。』って云う返事じゃあないの。みんな、ぐるになってるんだ。私にあの娘さんの来た事を秘《か》くしてるんだ――畜生、あの美しいお嬢さんだ。私はもう半狂人で、三輪のバラを持ったまま一日中、街を歩き廻ったのさ。あんたの言い草じゃないけど、女にとったって、恋している男は自分の生命なのさ。そして、幸か、不幸かその日の夕方、私は偶然にも、そのお嬢さんと町でばったり出逢っちゃったのさ。

『一寸、お話しがあるんですけれど。』

私は思い切ってやっと、是《これ》だけ云ったわ。

『あら、何の御用？　では、そこ迄、私、お供しますわ。』

そう云って、津美子って云う娘さんは、案外、す直《なお》に、私についてきて呉《く》れたわ。二人は、海岸の松林の中を、並んで歩いたわ。

その時の私の気持は、自分と木村さんとの事をすっかり、お話して、木村さんから、手を引いてもらい度《た》い。一生懸命にお願いしたら、きっと、聞いて下さるに違いない――こう云った程度の気持で、決して、恐ろしい計画など微塵も持ってはいなかったのよ。

もう、辺りには、人通りはなかったし、夕方の事とて、大分、薄暗くなりかけていたわ。

どう切り出したら、いいかしら、何んて言い出したら、いいかしら、私は迷い乍ら、あせり乍ら、寂しい松林を歩いていたの。

実は、あの、と言った調子で私が言い渋っている間に、二人は松林をぬけて、何時か、草のいっぱい繁っている小さい道に出て終ったわ。そして、そこを五六間も歩かない中に、

『唖《あつ》。』

と云ったまま、津美子さんの体が、地面から、落ち込んで終ったじゃあないの！

驚いて見ると、そこは恐しい古井戸なのさ。腐りかかった古い板が二三枚、当てがってあって、その上に、雑草や、落葉などが、いっぱい、かぶさって、うっかりすると気がつかない古井戸なのさ。

私が、覗《のぞ》き込んだ時は、一旦、沈んだ体が、もがき乍ら、ぴょこんと浮び上って、頭の髪が、藻の様に、蒼黒い水面に、拡っていた所だったわ。

水面までは、一間位で、大して深く掘り下げた井戸ではないけど、水が魔物の様に、薄気味悪く湛《たた》えていて、相当深い井戸らしいの。

突差《とっさ》の事なので、私は悉り周章てて終って、只、おろおろと井戸の周囲をまわっていたわ。

人間の生き度いと云う一念は随分、恐しいものじゃあないの。それから、何分位、たった時かしら、その人は、美しい顔を女夜叉《にょやしゃ》みたいな恐しい形装《ぎょうそう》にして、もう悉り疲れ切って、手がやっと、腐りかかった井桁《いげた》の縁《ふち》に届く所まで、這い上がってきたのさ。

精も根もつきて、力のない指先が、井桁の所にやっと、ふれて、……ああ、気味が悪い。」

女は身をぶるっと震わして、只、もう狂った様に語りつづけた。

「これで、やっと助かる——そう、その人は思ったに違いないわ。何とも云えない嬉しそうな眼をして、下から私を見上げたのさ。

ねえ、その時、あたし、どうしたと思う。

私は、その人の手を、井桁から、ポンとはじいてしまったのさ。どぶんと微かな音がして蒼暗い水面は直《じき》に静かになって終って、只、ひんやりと冷い妖気が私の覗き込んだ顔を撫《な》ぜただけだわ。」

男は、呻《うめ》く様な異様な声をあげて、立上った。

「まだ、お話しがあるのよ。静かにしていらっしゃい。」

男は、再び崩れる様にボックスに倒れた。

女の声は、氷の様に冷かった。その口許には、残忍な微笑さえ、浮かんでいた。

「そして、私は、例の三輪のバラを、井戸の中へ投げ込んで、只恐くなって、逃げて終ったのさ。

死体はその翌日の夕方発見されて、その翌々日の朝刊に大きく、出ていたわ。美少女の謎の自殺、バラを抱いて覚悟の投身って云った様な見出しでさ。

だけど、悪い事は出来ないものね。その同じ新聞で、あたしは木村さんの死を知ったのさ。何で死んだって？

そんな野暮な事を聞くもんではないわよ。ねえ、見ず知らずの旅のお方。おほほほほ。」

五

「キムラ、ムラキ、ミツコ、ツミコ、どうやら、みんな音が似てるじゃあないの。矢張り、人間は自分の殺した人間の名を呼ぶのが、恐いのかも知れないわね。

あんたが殺した村岐飛行士は、あたしの大事な大事な木村さんかも知れないし、そうして、私が見殺しにした津美子さんは、若《も》しかしたら、あんたの生命にもかえ難い光子さんでないとも限らないわね。」

斯《こ》う云い了《おわ》ると、女はベタンと床に坐った。男は初めて顔をあげて、ニヤリと笑った。と、その表情が、いつか次第に、硬《こわ》ばって、その口許から褐色の液体がタラタラと流れ出した。

自然は、二人の人間にお構いなく、推移して、いつか風は悉《すっか》り止んでいた。そして相変らず、雪だけが、音もなく、ひっそりと落ちていた。

「風ですっとんだ白い薔薇が……」

男の微かな声は、途中から、女のかきむしる様な苦悶に消されて終《しま》った。

卓《テーブル》の上の一輪の白いバラだけが、殺気をいっぱい吸込んで、重《かさな》り合った花弁が重そうに、うなだれていた。

Ⅲ　時代小説

文永日本

澤木信乃

文永十年もいつか九月――

此処《ここ》は南国筑紫、博多へ八里と言う、とある宿場を控えた繁華な街道すじ。此《こ》の街道の一角、松並木の入口に、一月程前、一枚の大きい白木の立札が立てられてから、上り下りの旅人たちはみんな一様に其《そ》の前に立って、陽脚の短い秋の日を忘れて、下馬評に幾刻かを過して行く。

「いよいよ、おっ始まるかな。」

「そうさなあ、こんな御布告《ふれ》が出るようじゃあ、此の秋は一暴《あ》れくるかも知れねえな。」

「鎌倉様もお若いのに、なにせ、こちとらとは異《ちが》って、御心配も一入《ひとしお》だろう。」

見ればその立札には、

此度《このたび》筑紫沿海警備のため

憂国の士を募るもの也り

鎮西九国奉行少弐資能

と厳《いか》めしく書かれてある。

「なにせ、今度、蒙古《もうこ》が攻めてくるとなりゃあ、今までと異って国と国との戦だ！」

「そうとも、騒ぎは筑紫ばっかじゃあありはしねえ！　此の二三年、京、鎌倉の方も、どえらい騒ぎだそうだ！」

「おらぁ、肥前の者だが、松浦辺に行ってみねえ、あっちだって怖ろしい騒ぎだぜ、海岸に見かす
む様に石の砦《とりで》を作ってな――」

毎日の様に、立札の前で、勝手な下馬評に余念のない斯《こ》うした旅人たちの眼をそばだてて、時折、烏帽子狩衣《えぼしかりぎぬ》の武士が、皆、言い合せた様に、具足櫃《ぐそくびつ》を背負って、三三五々に、大宰府さして上って行く。

そうした武士の一人が、近くの茶店の床几《しょうぎ》に腰を下ろすと、立札の前から、旅人たちの一団は、ぞろぞろと茶店の店先に移動して行くのであった。

「お武家さま、矢張り、あの、沿海警備とやらの――」

「うん。」

「噂どおり、蒙古とやらが攻めてくるのでございましょうか。」

「くればいいと思っているがな。」

武士が、顎鬚《あごひげ》を撫《な》でながら、豪放に笑うと、旅人たちは、吻《ほっ》とした様に、その笑いの中に、言いしれぬ頼もしさを感じるのであった。

時は非常時文永。

十八歳の少年執権北条時宗が、第一回の蒙古の使者潘阜《はんふ》を、牒状《ちょうじょう》の言辞の不遜なるを以って、返牒《へんちょう》を与えず卻《しりぞ》けてから、既に五年の歳月が流れていた。

その間に、六年八月蒙古は第二回の使者として金有成《きんゆうせい》を、更に八年と十年に続く再度の使者として趙良弼《ちょうりょうひつ》を、我が大宰府に派遣して、国交を強要して来た。その書辞は相変らず不遜を極めていたので、幕府は、その都度、返牒を与えず、使者を追い返《か》えしていた。

殊《こと》に最後の牒書は傲岸《ごうがん》にも武力解決の意を暗に仄《ほの》めかしてあったので、その使者を卻けるや、吾《わ》が国は、未曾有《みぞう》の一大国難を予想しなければならない立場にあった。

蒙古来寇——此の風説は久しく、武家政治の安泰な春を謳歌していた国民の間に、漸《ようや》く、血腥《ちなまぐさ》い不安を醸し始めていたのである。

暮方近くなると、流石に、白昼往来の絶えなかった人脚もめっきり少くなって、筑紫の街道にも、ひんやりと冷い北風が吹いた。

「兄上、ごらんなされ。」

暮れかけた松並木を、主従らしい三人の武士。先頭に立って歩いていた一人が、呼びかけられて振り向くと、

「えいっ！」

と言う気合と一緒に、昼間、多勢の旅人たちの足をとめていたあの立札の板のはしがぱっと割《さ》かれて、一番年若い武士が、刀を握ったまま、笑って立っていた。

「又《また》、秋三郎さま、その様な悪戯《いたずら》をなさいます！」

従者らしい五十恰好の武士が、割かれた、板のはしを拾い上げると、少弐資能《しょうにすけよし》の四字が真二つに分れていた。

「故里を出てから丁度是で七枚目。」

「ばかめが！」

兄と呼ばれる武士――小次郎は、一寸《ちょっと》強く、たしなめたが、その瞳は、悪戯盛りの秋三郎の所為《しょい》を大して、非難するでもなく、静かに微笑んでいた。

「憎っくい父上の仇《あだ》、少弐資能の四字、見ればどうしても断ち分らずにはいられませぬ。」

「でも、大事の前の小事、以後、斯様《かよう》な事はおつつしみなされなければなりません！」

「あははは、又、藤兵衛の口やかましやが――」

「いいえ、口やかましやでも何でも結構でございますが、もう明日は博多、以後、悪戯をなされま

すと、藤兵衛が承知致しませぬ。」

兄の小次郎は二人に構わず、もう二三間先きを歩いていた。毎日、此の街道を上る多勢の武士と同じ様に、具足櫃を背負った主従三人の背後姿《うしろすがた》は、やがて、並木の宵闇に呑まれて行った。


「向うは大分賑《にぎ》やからしいな。」

ここは旅宿《はたご》筑前屋の一間。

見台に向って、読書していた小次郎は、書物から眼を一寸《ちよつと》離して斯《こ》う言った。

昼間の疲れで、先刻《さつき》からごろりと寝転んだまま、聞くともなしに、向うの部屋から洩《も》れてくる声高な話声に耳を傾けていた秋三郎、

「吾々《われわれ》同様、大宰府に仕官する武士たちの様ですが。」

と、むっくり起上り乍《なが》ら言った。

二間おいた向うの座敷では、明日は否が応でも博多に着くので、長い道中、張りつめていた気が弛《ゆる》んだのか、此《こ》の旅宿に泊り合わせた四五人の武士等、旅の気易さから、いつか一間に集って、最后《さいご》の旅の一夜を、酒宴で賑やわしている。

「ほう、貴公も薩摩！　是《これ》はお懐しい、くにを同うし、而《しか》も、志を同うするとは、実に愉快至極！　さあ、先《ま》ず一献。」

と、初めの間は至極く神妙だったのが、いつか、酒の廻るにつれて、

「蒙古来《きた》るとせば、先ず対馬を犯し――」

「いや、異《ちが》う。拙者の考えでは、敵は一路、博多中へ現われるものと信ずる。何となれば――こら、聞かんか！」

と、次第に座は乱れて、四辺《あた》り構わずに呶鳴《どな》り始めた。

斯うした武士たちと、同様、明日は大宰府の募に応じて、沿海警固番に仕官する身であり乍ら、小次郎等《ら》主従三人の場合は、いささか趣を異《ちご》うしていた。

「何処《どこ》へ行っても蒙古来寇の話し。単なる風説でなくして、矢張り事実となって現われましょうか？」

暫《しば》らくして秋三郎が訊《き》いた。

「さあ、何とも言えぬな。」

と、小次郎、ばたんと書物を閉じて、

「併《しか》し、第一回の使者が追いかえされてから、既に五年、今までの所、何事もないのを見ると、当分、先ずその心配はないと思うが――」

「でも、大宰府の今度の挙を考えましても、矢張り、遠からず蒙古との一戦を予想している様に考えられますが――」

「勿論《もちろん》、その場に当って、周章《あわ》てぬだけの備えは必要じゃ。だが、今度あの様な布告《ふれ》を出して、筑紫九国の家人を募ると云う事は又《また》、他方、近頃漸《ようや》く遊弱に堕した武士の気風を一新する手段として考えても意義があろうと思うが――」

「なる程、そう言う幕府の考《かんがえ》かも知れません。何はともあれ、私共にとっては恵まれた機会。」

「うん。」

小次郎は大きく頷いた。

「只、此の機を逃さず、少弐資能奴を――」

秋三郎がこう言いかけると、

「しいっ――」

と、部屋の隅から藤兵衛が制した。

大宰少典《だざいしようてん》三井源四郎が、少弐資能のために、一刀の下に無慚《むざん》の死を遂げたのは今から丁度十年前の事だった。

時は丁度観月の酒宴の席、少弐資能の詠《よ》んだ一首の和歌を源四郎が和歌の法に適《かな》っていないと指摘したのが口論の端緒《はじめ》だった。

平生、女の様に無口で謙譲な源四郎だったが、酒気を帯びると、宛《まる》で人間が変って、自制を失って終《しま》うのが常だった。その夜も、相手は上役、しかも、当時飛ぶ鳥を落す鎮西守護、その少弐資能に、源四郎は、しつこく自論を押しつけたので、挙句のはては激しい口論になった。

「やかましい、斬るぞ。」

資能も悉皆《すつか》り酩酊《めいてい》していたのでつい此の一語が出た。

「お斬りなさると云うか！　理窟が通らなくなって、刀をお抜きなされるか！　それが九国守護少弐殿のお言葉とは面白い。」

よせばよかったが、源四郎ふらふらと立上って、刃のつかに手をかけた。

次の瞬間、傍の者があっと云う間もなく、源四郎は刃のつかに手をかけたまま、朱に染まって倒れた。

此の場の始終は、誰がみても、公平に源四郎が悪かった。然《しか》し、いくら何でも、斬らなくても――と、蔭口をきく人もあったが、相手が鎮西奉行、しかも、源四郎がさきに刀に手をかけた以上、言わば、立派な決闘《はたしあい》。斬られた源四郎が斬られ損である。

その当時、小次郎は十五歳、弟の秋三郎はまだ八歳、幼い時、母に先立たれ、父の手一つで育った二人だった。日頃、親しく交際《つきあ》っていた人等も、資能の思惑を考えてか、誰も、取り残された二人の面倒をみようとするものはなかった。

たった一人の家士、藤兵衛が、二人をつれて、自分の郷里中津在に向けて、出奔したのは、源四郎が殺されてから、四日目の夜であった。

――それから、いつか、十年の歳月が流れていた。

筑紫九ヶ国から馳《は》せ参じた武士、千五百余名――それらが軈《やが》て、肥筑海岸の要処要処に分けられた。

小次郎等主従三人は、彼等自身から言えば甚だ幸運にも、鎮西警固番博多詰として、大宰府から程遠からぬ水城《みずき》附近の、そうした武士たち許《ばか》りのたまりに起き伏しする事になった。

そして、早くも秋晴れの十日間が過ぎた。

来る十月八日――十回目の父源四郎の命日こそ、彼らが選んだ復讐の日であった。当日、少弐資能が大宰府庁に出仕するのを、途中で待ち伏せして、その首を刎《は》ね、それから落ち延びれるだけ落ち延びて、中津の父の墓前に、それを手向《たむ》ける手筈であった。

その晴れの仇討の日も明日に迫った十月七日、もうとっぷりと暮れなずんだ博多の浜に一艘の小船が着いた。鎧甲冑で身を固めた武士二人、船から下りて、二三歩歩くと、二人共ばったりと波打際に倒れた。対馬の守護、宗助国《そうすけくに》の家子小太郎、兵衛次郎の二人であった。

折よく、見張りの警固番の武士が二人を助け起すと、

「蒙古の軍勢一万余、大小艦船九百、五日、対馬に来寇、御主君宗助国以下、家臣一人残らず、討死――」

虫の息で、是《これ》だけ言うと再びがっくりと浜地に倒れた。

急は即刻、大宰府へ告げられた。

蒙古来寇！　吾国未曾有《みぞう》の国難は今や事実となって現われたのである。

大宰府からは、その夜のうちに、京、鎌倉へ急を告げるべく使者が立ち、更に、筑紫九台は勿論《もちろん》、大小豪族、御家人の許に、早打ちで警は発せられた。

そして此《こ》の事は、仇討を明日に控えた小次郎兄弟には、どう響いたか！

その夜、番所を抜け出した小次郎と秋三郎の二人、十月の夜寒を感じ乍《なが》ら、水城の堤の方へ、ぶらりぶらりと歩いている。

「併《しか》し、兄上、父上の仇は仇。資能を討ち取って父上の怨を晴らし、その上でこそ、吾々も、心おきなく君国のために一命を投げ出せると思いますが。」

「いや、残念ではあるが、どうあっても、資能を討つわけには行かぬ。」

「蒙古との一戦には、まだ多少、間がありましょう。その前に、予定通り先《ま》ず父の御無念を晴らし――」

「先刻からあれ程言っているのにまだ得心致さぬか。」

「致しません。たかが資能、只一人《ただ》――」

「その只一人に代る人間が居らぬ。資能を措いて、筑紫の軍勢を指揮する武将は居ない。菊池、大伴の諸豪族を督して、陣を進める武将は資能只一人じゃ。」

「――」

「憎い資能ではあるが、此の際、吾国にはなくてはならぬ人間だ。討たぬと言うのではない。蒙古を撃退してから、改めて、父上の御怨みを晴らしたらいい。」

「では、吾々が今度の戦いに討死致しましたら、父上の仇は永久に討てません。」

「その場合は致し方ない。父上も地下でお怒りにはなるまいと思うが――。藤兵衛すら此の理《ことわ》りが解《わか》るのに、お前には解らぬか！」

「――」

「まあ、いい。兄に任せておけ、滅多に大義にもとる様な事は致さぬ。」

「はい。」

秋三郎は素直に返事をしたが、何かまだ、喰いたりぬ気持ちだった。


その翌日。

大宰府庁は勿論《もちろん》の事、博多一帯の地は戦の準備で、上を下への大混雑だった。

小次郎らの番所に近い、水城の堤――天智天皇の三年に初めて築かれたという大堤――も、昼夜兼行で、この二三日の中に修築して、蒙古軍に備える事になった。

秋三郎は四五人の武士と共にその水城修築の役を仰《おお》せつかり、小次郎の方は、もう立派な出陣の装束で多勢の武士たちと共に、伝令の役を仰せつかって、馬を飛ばしていた。

気持よい秋晴の午下《ひるさが》り、水城の堤で多勢の人足を指図していた秋三郎は、向うから近づいてくる一人の堂々たる馬上の武士を見た時、ぎょっとして其場《その》に立ちすくんだ。鎮西守護少弐資能、夢にも忘れぬ父の仇であった。

上役に、いろいろと馬上から指図している資能の姿を目のあたりに見ていると、秋三郎は妖しく乱れて来た。幼な心に覚えている優しい父上、その父上を些細な事から斬って棄てたのが、あの資能だ！　若い秋三郎の血は、ぐらぐらと煮えてきた。

資能は一通り指図がすむと、忙しそうに再び、博多方面に馬を飛ばして行った。その背後姿《うしろすがた》を見送っていた秋三郎は、憑かれた様に、番所へかけ込むと、馬を引き出した。

「何処《どこ》へ行かれます。」

血相を変えた秋三郎をあやしんで、藤兵衛が追いかけて来た。

「兄上に言ってくれ、秋三郎は資能を討たずにはいられませんとな。」

そのまま、馬に一むち当てると、資能の後を追って駈け出した。

それから暫《しばら》くして、入れ代りに、四五人の武士と一緒に番所に入って来た小次郎に、藤兵衛が、

「大変でございます。秋三郎さまが——」

「なに、秋三郎が――」

と、それと察した小次郎、

「どっちへ行った。」

「博多の方へ、少弐資能の後を追って――」

「よし。」

と、馬首を巡らすと、是《これ》も一むちあてて、まっしぐらに駈け出した。

小次郎にとっては秋三郎はたった一人の弟、少弐資能は此《こ》の非常時文永にとって、なくてはならぬ軍師――どちらを討たせる事も出来なかった。

焦せり抜いて、途中から、少し険しい山道になるが、街道から間道へ入った。もう早い落葉が時折、雨の様に行手に降った。

九十九折《つづらおり》になった抜道をひた走り、雑木林を抜けると、行手は、ぱあっと展《ひら》いて、筑紫平野が一望の中に展《ひろが》っている。

此処《ここ》まで来た時、小次郎はぐっと突然手綱をしめた。反動で馬は棒立ちになって止まった。見れば、此の山の中腹を這っているずっと真下の街道で、正《まさ》しく、資能と秋三郎が白刃を閃《ひら》めかして向い合っていた。失敗《しま》った！　と思ったが、どうする事も出来なかった。今更、引返《ひきか》えす余裕はないし、そうかと云って、切り立った崖を、下の街道へ降りる術《すべ》もなかった。

復讐の一念に燃え立っている若い秋三郎と、もう五十の坂を越した資能とでは立ち打ちにならなかった。切先き鋭く斬り込む秋三郎の刃を受け損じて、一太刀軽くあびたらしく、資能は二三歩、よろめいたが、切株にでも、つまづいたらしく、地面に腰をついた。

危い！と思った瞬間、小次郎は全く無意識だった。背の弓をとると、手早く矢をつがえて引《ひき》しぼった。びゅーんと唸りを生じて、矢は離れた。

山の上で、がっくりと地面に馬上から転り落ちた小次郎の顔は真青だった。下の街道には、秋三郎の姿は見えなく、呆然とした資能が、街道から、更に下の谷底を見下ろしていた。

白銀の様な月光を浴びて、一人の年若い女性が、谷合の小道で、ひらりと馬から降りた。少弐資能の愛孫、今年十八の雪姫だった。

雪姫は馬を傍の木立に繋ぐと、かさこそと落葉を踏んで、夜更けの山道を上って行った。しいんと静まり返った雑木林を抜けると、急にざあっと言う水の音が冷く聞えて来て、飛沫《しぶき》を含んだ夜気が氷の様に頰を打った。行手の岩壁からは、せせらぎが、小さい滝となってたぎり落ちていた。

雪姫は、素早く、着物を脱ぎすてると白衣一つになって、その滝の流れに身を打たせた。

「敵国降伏――敵国降伏。」

じっと、氷る様な寒気に堪え乍《なが》ら、合掌しつつ、号《さけ》ぶ雪姫の声は、神々しい程、凛《りん》とひびいていた。

雪姫の姿こそ、文永日本の全女性の姿であった。

それから半刻程して、雪姫は再び、雑木林の中を、先刻、馬を繋いだ場所へと歩いていた。途中まで来ると、雪姫は、ぎょっと立止った。遠くから人の足音が聞えて来たのだ。

傍の樹立の蔭に身をひそめて、息をこらし乍ら前方を窺うと、二人の武士。一人は背に、一ケの死骸を背負っていた。

「ここらにしようかな。」

一人の武士は立止って、地面の一点を指した。それは小次郎だった。

「はい。」

と、答えたのは勿論《もちろん》、藤兵衛。その眼は赤く泣き腫らしていた。

「なあ、秋三郎、お前には世界中で父上が一番大事だった。まだ子供のお前に、何の無理があろう！　此の兄には、父上よりもお前よりも日本の国が心配だった。」

小次郎は、いつまでも、秋三郎の死骸の前に坐ったまま、顔を上げなかった。

「そうですとも、どなたもお悪いんじゃあない。藤兵衛はいつもの様に申しますぞ、ほれ、ようくお聞きなされ、秋三郎さま、又《また》、悪戯《いたずら》をなされましたな！　悪戯をなされて、兄様を――」

藤兵衛は、遂々《とうとう》、男泣きに声を上げて泣き出した。

「さあ、藤兵衛、いつまでも斯《こ》うしていても仕方がない。」

小次郎は立ち上って、藤兵衛をうながした。

「秋三郎の死を犬死にしない様に、俺とお前は御国のために生命を投げ出して働くんだ！」

「そうでございますとも、そして、お国が勝ってから貴方《あなた》さままでも私めでも、生き延びて居りました方が、少弐資能の首を――」

藤兵衛は、くわをふり上げて、地面一つ打ち込んで、ほうり落ちる涙を拳《こぶし》で拭《ふ》いた。

雪姫は傍からいつまでも二人の様子を眺めつくしていた。


対馬を犯した蒙古は、一週間対馬に滞在し、十四日、壱岐《いき》を侵し始め、十五日全島を略し、守護代平景隆《たいらのかげたか》は防いで利あらず自殺を遂げた。

そして、勝に乗じて蒙古軍は十九日、博多湾に現われた。

是《これ》より先き、大宰府の召に応じて、肥筑の海岸に集る吾国の将士は豊後の大友頼泰《おおともよりやす》、薩摩の島津《しまづ》久経《ひさつね》を始め、少弐景資《しょうにかげすけ》、同資時《すけとき》、竹崎季長《たけざきすえなが》、菊池武房《きくちたけふさ》、戸次重秀《べっきしげひで》、赤星有隆《あかぼしありたか》の一騎当千の面々――総勢十万二千。総指揮官は少弐資能。

明くれば十月二十日。

敵は一部、今津湾長浜より、主力部隊は、早良湾《さわらわん》より続々上陸を開始し――史上所謂《いわゆる》、文永の役は開始された。

大友頼泰は箱崎方面、菊池武房は赤阪方面、少弐資能は百道原《ももちばる》、竹崎季長は麁原《そはら》方面と、吾が軍は博多湾に沿うて、一線の戦列をひいた。

全線、一進一退、一勝一敗、二十日の戦は日没まで続けられた。

小次郎は少弐資能の部下として、百道松原の戦に出陣し、先陣を承って、敵の首級《しるし》を得る事十数、その武者振りは一際あざやかだった。

日没、資能は戦陣の立直しのために、全軍を水城方面に移動させる事にし、伝令を全線に飛ばした。小次郎は、赤阪方面の菊池勢へその命令を伝えるべく、兵火の中に馬をはせた。

既に暮色蒼然として迫り、時折、喊声《かんせい》が遠く近く、宵闇の中を聞えていた。

百道原を過ぎて、麁原に差しかかった時、小次郎は行手に、十数人の敵と戦っている、一人の馬上の女性を発見した。いつか味方と離れ、一人きり取り残されたものであろう。その上、身には相当の深手を負っているらしかった。

小次郎は、馬首を立て直すと、太刀をふりかざし乍《なが》ら、敵兵の中に、飛込んで、瞬く間に二人を薙《な》ぎ倒した。その勢に押されて、残りは、ばらばらと散って終《しま》った。

「危い所でしたな、早くお引きなされ！」

「ありがとう存じました。つい、父と離れまして。して、あなた様の御尊名は。」

「三井小次郎。」

「えっ。」

小次郎、それに気付かず、

「只今《ただ》、忙《いそ》ぎの役を帯びて居ります故――。ごめん。」

そのまま、駈けだした。

ばらばらと、暗い夜空からは、いつか雨が落ちていた。いつまでも立って、小次郎を見送っている女性――それは雪姫だった。


夜来《やらい》の雨は夜が更けるに従って激しく、それに風さえ加って来た。

敵は既に全軍を船艦の中へ収め、吾が軍も亦《また》、水城《みずき》へ撤退して、幔幕《まんまく》を何百ヶ所にも張り巡らし、昼の激戦の疲れを休めて、明日に備えていた。

少弐資能の陣中では、資能始め経資《つねすけ》、景資の面々、明日の作戦に余念がなかった。篝火《かがりび》の火が、風にあおられて、或は強く或は弱く、幔幕から滴る雨滴が、その中へ落ちては、絶えずじいっと音を立てていた。

「三井小次郎とは汝《そち》か？」

「は。」

「今日は抜群の働き、尚《なお》雪姫危い所を助けられ、資能、厚く礼を述べる。充分、疲れを休めて、明日に備えるよう――」

資能の前に呼び出された小次郎は資能に斯《こ》う言葉をかけられて其場《その》を退出した。

その背後姿《うしろすがた》を見遣《みや》り乍《なが》ら、資能、感じ入った如く、

「天晴《あっぱ》れな筑紫武士！」

「あまり、おほめになると、首をかかれましょう。」

傍から雪姫が口をはさんだ。

「なんと申す！」

「国の為に、吾と吾が弟を殺《あや》めてまでも、祖父様をお助けした武士。」

雪姫の意味あり気な言葉に、資能は、はっと顔色を変えた。

「ほう。」

「父の仇なら、いつでも容易《たやす》く討つでしょう。」

「えっ！」

と、愕《おどろ》いた資能。それから暫《しばら》くじっと深く考え込んでいたが、軈《やが》て、静かに笑った。

「じゃから、天晴れな筑紫武士と申した。三井源四郎も立派な倅《せがれ》を持ったものだ！」

丁度此《こ》の時、東から西に煽った一陣の強風が、幔幕を横に押し倒した。

「火を気をつけろ！」

と、誰か号《さけ》んだ。外は物凄い暴風雨のいんいんたる唸りが闇をつんざいていた。


明くれば二十一日。

昨夜の嵐は跡方もなく静まって、青い空が、早い雲の流れの合間合間にのぞいていた。

そして、博多湾には一艘《いっそう》の敵艦も見えなかった。大きい波濤のうねりにのって、船艦の破片が幾つも海浜に打ち上げられていた。

神風だ！　是《これ》が誰からの口からも、期せずして出た最初の言葉だった。そして十万の吾軍の将卒は、誰言い出したともなく、一様に浜辺に額《ぬか》づいて、心から、祈らずにはいられなかった。

「小次郎。さあ、今こそ、晴れの一騎打ちじゃ。見物は十万の将士。そちが見事、わしを打って、父の仇を報ずるか、わしが天命あって、そちを返り討ちにするか――」

少弐資能は、自分の子に言う様に、優しく小次郎に言った。

「いいえ、その御命、ここ四五年、しかと、お予《あず》けいたしましょう。」

「それは、又《また》、どうして――」

「蒙古、四五年のうちに必ず、再度、吾国に兵を送る事は必定《ひつじょう》――その時こそ、今におとらぬ日本の国難と思います。それまで、しかと御命をお予けする所存です。」

「よく申した小次郎。資能の命、それまで決して病で棄てはせぬぞ！」

二人の眼には、今は、何の憎しみも怨みもなかった。

筑紫の海の果から、将《まさ》に、文永日本の太陽が輝しく上りつつあった。


註。少弐資能は弘安四年閏七月、再度、蒙古来寇の折、花々しい戦死を遂げた。

Ⅳ　戯曲

夜霧

井上靖

第一幕

人物
乙村信三
〃逸子
白戸幸子
〃耿作（登場せず）

（冒頭一枚欠）

逸子　もう教室でお残りになっているのは貴方《あなた》ひとりね。……貴方も直《じ》きにいらっしゃるわ。最近しきりにそんな気がするの。
信三　（書物から眼をはなし）戦争か、よしてくれよ。言いあてるということがあるからね。
逸子　今月か来月の初めにかけて大きい召集があるんですって、方々でそんなこと言ってるわ。
信三　大丈夫だよ。……そりゃあ、僕の年輩ではどうせ一度は逃れられないがね。だが、やりかけた仕事のかただけは一応つけてからでないと――。

（間）

信三　（煙草に火をつけて）だが、兵隊になるのもいいかもしれない。赤紙を手にした途端、一切はまったなし、全く別の世界に立たされる。さばさばするぜ。三浦の奴など実に晴れ晴れとした顔つきで立って行った。あれほど仏像の研究に夢中だった男が、赤紙一枚受けとると、とたんに人間が変ってしまった。尤《もっと》も否応なしに変らざるを得ないがね。すべてに大きいピリオドがぽつんと打たれてしまう。（仰向《あおむ》けに寝転んで書物を枕にする）赤紙もいいさ。いっそ兵隊もいいかもしれない。

逸子　（皮肉な口調で）いいでしょう。そうね、現在の貴方には確かにその方がいいんだわ。妾《わたし》そう思うの。研究も大切だけど、一方貴方の心のどこかには召集を待っていらっしゃる気持があると思うの。

信三　なぜさ。

逸子　（俯向《うつむ》いたまま編物している）

信三　（起き上りながら）変なこと言うなよ。

逸子　だって、貴方にとったら一切は解決するじゃあないの。妾、この頃つくづく女にも召集があったらと思うわ。

信三　なにを言ってるんだい。妊娠五ヶ月の女二等兵か。
逸子　お解《わか》りにならない⁉　解っていらっしゃるくせして――。
信三　君はどうかしているよ、最近――。そんなところにいると冷《ひ》えるよ。なかへお這入《はい》り。この二三日、急に夜が寒くなった。もう直《す》ぐ十一月だものな。（たち上《あが》って上手の窓を閉める）
逸子　（部屋のなかへ這入りかけるが縁側の風鈴に目をとめ）いまごろ風鈴でもないわ。時節《とき》外れねえ、チリチリと。
逸子、風鈴を外すが、暫《しば》らくそれを下げたまま庭の方をむいて立っている。やがて風鈴、手から庭に落ちて音たてて割れる。
信三　（驚いて振り向く）どうしたの。
逸子　（肩大きくゆれている。噎《むせ》び泣いている）
信三　どうしたんだい、怪我でもしたら危いじゃあないか。なかへ這入っておいでよ。
逸子　ええ。（素直に部屋に這入って座るが、突然ヒステリックに俯伏《うつぶ》して泣く）
信三　（逸子の傍に坐って）どうしたの、一体、だから君はどうかしていると言うんだ。躰《からだ》のせいだよ。この前、光夫がお腹にはいっている時も、丁度こんなだった。
逸子　いいえ。（躰をおこし涙をふく）いつでもこんな――、妊娠している時に限らないの。もうこ一二年ずっと――。ただ、ふだんはそれが押えられているんですの。

信三　また何か知らないが、嫌なことを言い出したものだな。（冗談に紛わそうと）怖いね。
逸子　（真剣に）そう、怖いの、ほんとに妾怖いの。
信三　何が怖いんだい。
逸子　何もかも。
信三　もう、よそう、君は今夜どうかしている。こんな晩に何か言い出したら妙なことになる許《ばか》りだ。
逸子　いいえ、妾、この間から一度貴方に聞いておいて戴きたいと思っていたの、妾の気持を。戦争に行ってしまわないうちに――。召集が来てからではこんなこと嫌だと思うわ。そんなになったら惨めで情なくて目もあてられないわ。お話したってどうにもならないけど、お話しないより、幾らか気がらくになりそうなの。
信三　君の気持って――、改まって何を話すんだい。（考えて）やっぱり、よそう。明日《あす》にしよう。何か知らないが、明日ゆっくり聞こうじゃあないか。
逸子　（顔を上げて）貴方、怖いんですの。
信三　……
逸子　（冷く静かに）貴方、正木さんがお好きなんでしょう。
信三　（顔色を変えるが）そんなことか、好きって、一体どんな意味なんだい。

逸子　妾、いま真剣なの、一切ごまかしこなし。……こんなお話、嘘やごまかしがあったら、お互に汚くて救われないと思うわ。

信三　……

逸子　貴方が正木さんをお好きになっていることは、妾、去年から気がついてました。

信三　そんな──。

逸子　そんなって。

信三　……

逸子　そんなこと、ないって仰言《おつしや》るの。

信三　ないね。

逸子　（きつく）ないことないわ。

信三　（苦笑して）少《すく》なくとも具体的には──、だね、全然そうしたことはないね、ないよ。

逸子　苦しいわね。──そりゃあそうよ、別段行為にはどうって現れていないけど、でも心の中では夢中になっていらっしゃるじゃないの。傍《はた》で見ていても可笑《おか》しいくらいよ。正木さんがいつか大学をやめてお郷里《くに》に帰るって相談に来た時の、貴方のしょげ方ってなかったわ。……見ているのが、わたし、辛かった。

信三　そう言えば、あの娘《こ》への好意が度を過ぎていたかもしれない。研究室では何もかも手伝って貰っているし、あんな無邪気な性質の娘だから——、つい、こっちも。
逸子　そう言う言い方はいや！　貴方って、なぜそんなんでしょう。
信三　もうやめようや、こんな話、……（冗談に紛らわそうとして）僕もこれから重々気をつける。全くね、出来心で手でも握ろうものなら大変なことになる。お家騒動だよ。
逸子　（冷く）むしろ握って下さったら、どんなに妾助かるかと思うわ。
信三　莫迦《ばか》、もうやめろよ、そんなくだらないこと。
逸子　（構わず）妾にこっそりと正木さんに意志表示して下さるような貴方だったら、却《かえ》って、妾、どんなに気がらくかと思うわ。実際に何度そう思ったか知れないわ。そうしたら浮気者の御亭主持った世の奥さんのように、妾も人並みに泣いたり喚《わめ》いたりして、事件はすったもんだの挙句、結局はどんな形かに解決するでしょう。世にいくらでもあることじゃあないの。それだったら、どんなに気持がさばさばするでしょう。だけれど、貴方ときたら決してそんな軽はずみはなさりっこない。……道徳堅固なの。（泣き伏す）
信三　……
逸子　（身を起してヒステリックに）貴方は妾と結婚して下すったんじゃなくて、他《ほか》のものと結婚なすったの。愛したのは妾ではなく、妾の持っている他のものだったの。
信三　（言おうとするが気圧《けお》されて口を噤《つぐ》む）

逸子　妾はこんなひどい火傷《やけど》の傷を胸に持っています。だから妾は小さい時から、いつでも自分は特別な人間だ、特別な人間だと思って育ってきたの。小さい時からみんなには坐る椅子があっても、自分にはないかもしれぬ、それでも仕方がない、それが当りまえなんだ、そう思って育ってきたの。小学校の時、みんなが体操する時も、私だけはいつも遊動円木の傍でそれを見ていたわ。みんなが裸かで体格検査する時も、私はいつも後廻しで、一人だけ先生に連れられて他の教室へ這入って行ったわ。女学校時代も、女学校を終えてからも、自分だけは他の人とは違う特別な人間だと許り思い込んでました。（間、静かな口調で）実際、貴方から結婚申し込まれた時、妾、とても不思議な気がしたわ。お話が決まって式を挙げるまでの一年間、ほんとのところが、それまで長い間自分を特別な人間だと許り思いつめていた自分の頭の切り替えが、大変な仕事だったわ。だって御一緒に映画を見に行ったり、お手紙のやりとりしたり、妾はなんにも特別な娘ではなかった。急に貴方のお友達はどっさり家に遊びにいらっしゃるし、一緒に笑ったり、騒いだり、街に御飯たべに行ったり、倖《しあわ》せなことを取り戻すのに忙しくて、絶えず落着かずそわそわしていましたわ。あの頃はいくら自分の周囲を見廻しても、たれ一人、妾を特別扱いする方はなかった。……その頃でしたわね、貴方が僕には過去に小さな事件が一つあった、それについて許しを得ておかないと、と仰言ったのは。

信三　いいじゃないか、そんな古いこと。

逸子　（構わず）そして妾は初めて、貴方が学生時代によその奥さんとトラブルを起して、学校で問題になったことのあったのを知りました。併《しか》し相手は年上の不良マダムだし、ごめんなさい、こんな言い方、それにその奥さんと問題をおこしたのは貴方ばかりではなかったし、第一、相手の方もその時は亡くなっていたので、そのために、妾の心は少しも曇りを感じませんでした。むしろ、正直に打明けられたということが、なぜか明るく楽しいくらいでした。……ただその時、貴方が、自分は相手のひとが好きではなかった、よく考えてみると、人妻という名にロマンチックな気持から惹かれていたんだ、いってみれば、人妻という名に恋愛していたんだ——斯《こ》う、お言いになったわ。そのひとことが、その時はなんでもなかったけれど、妙に後々までも尾をひいて忘れられないの。そうよ、その言葉は、今でも消えないで、妾の心の中に残っていて、変な時にぴょこんと思い出されてきますの。

信三　よく覚えているんだね、古い事を。まあ、いいじゃあないか。

逸子　（構わず）最近、妾、つくづく思いますの。人妻ということの代りに、不幸な娘ということを置き替えたら、妾の場合になるのではないかと。

信三　莫迦な！

逸子　いいえ、貴方はきっと妾を愛していらっしゃったのではなくて、妾の不幸に惹かれていなすったと思うの。貴方が結婚したのは妾ではなくて、妾の持っていた不幸な運命というか、星廻りというか、そんな可哀そうなものなの。貴方ってそんな方なの。変っていらっしゃると思うわ。脚の悪い犬を見ると振返らずにはいられないの。そのくせ、後で後悔なさるの。それも人に知られないように、こっそりと御自分だけで悔やんでいらっしゃる。

乙村さん、乙村さん、という声と一緒に玄関の格子戸をたたく音が聞えてくる。

逸子　（はっとして）今頃なんでしょう。

信三　（聞耳を立てる）

速達、速達ですよ、乙村さん、乙村さんという声。

逸子　あら、速達ですって。（顔色を変えて立ち上るが、信三に）貴方、いらっしってみて。

信三　まさか、赤紙じゃああるまいね。

信三廊下づたいに去る。

間。

信三再び登場。

信三　おどかしゃあがる。てっきり赤紙かと思った。姉さんからの速達だよ。（手紙を逸子に渡す）

逸子　まあ、よかった。妾もてっきり令状かと思ったわ。

信三　変な話を始めるからだよ。縁起でもない。もう、よそうや、くだらなく思いつめているからとんでもない考えになっちまうんだ。手紙、開《あ》けてごらんよ。

逸子　（手紙を膝の上においいて）姉さんからの速達なんて大したことないわ。どうせまた服地かお砂糖の買溜めでも報《しら》せてきたのよ。そんなとこだわ。でなかったら、費《つか》い果《はた》しちゃったからお金貸して頂戴、きまっているわ。

信三　かしてごらん。（手紙を逸子より受取って開封して読む）

逸子　……

信三　（読み終って）いささか違うね。まあ、読んでごらんよ。（手紙を逸子に渡す）

逸子　（手紙に眼を通し乍《なが》ら）あら、また始まっているのね。どうかと思うわ。姉さんたら。（手紙の文面を声に出して読む）こんどこそ白戸とはきっぱり別れる決心いたしました。事情は御拝眉《ごはいび》の上にて、万々。二十三日午後七時大阪駅着の予定。一二泊させて戴いて郷里に帰ります。――二十三日って、今日じゃあないの。それに七時大阪駅着、……あら、七時ならもうとうに大阪へ着いてるわ。冗談じゃあないわ。もうかれこれここに着く時分よ。驚いた速達！

信三　全くこの頃の速達って当にならないね。何日に出しているんだい。

逸子　二十日午前の消印ですわ。二十日、二十一、二十二、二十三、四日かかっている。普通便より遅いくらい。

信三　じゃあ、直ぐ夕飯の支度にかからんと。

逸子　（ぐったりと）妾、ひどく疲れているの。姉さんには悪いけど、罐詰《かんづめ》で辛棒《しんぼう》して貰うわ。明日《あす》にでも御馳走するとして。……それに今日は妙にお腹の赤ちゃんが動くの。……お風呂だけは姉さんがはいる時、ちょっと燃しつけることにして。

信三　そんならそうするとして——、それにしても、また、姉さん思い切って派手な決心をしたもんだな。

逸子　妾、心配なんかしないわ。少しも。……姉さんたちのこと、妾もう信用しないことにしているの。この前だって大騒ぎして妾と母さんを呼びつけておいて、出掛けて行ったら二人とももうけろりとしているじゃないの。別れ話なんかどこにあったかって顔をして、意気込んで出掛けたこっちの方が妙にばつが悪かったわ。それに、その前の時だって——。

信三　そうそう。その前にもあったね。あの時も姉さんがここへ飛び込んで来たんだったな。やっぱり君がお腹の大きい時で、併し、あの時は驚いたな。ハンドバックの中に姉さん青酸加里《せいさんかり》を持っていた。

逸子　お芝居よ、あれ。

信三　まさか、あの時はあれで、ほんとに呑みかねなかった。

逸子　妾、思うの。姉さんたちは結局幸福すぎて退屈なのね。結局はみんな遊びなの。本人たちはそれに気がついていないかも知れないが、あれもあの人たちには必要な生活の一部なの。どちらが悪いということもないの。悪いんなら二人とも悪いんだわ。兄さんも女にだらしないけれど、姉さんだって若い学生連れてホールへ行ったり、麻雀したり、どっちもどっち。お互に承知し合ってそんなことしておいて、承知し合って喧嘩しているの。そうとしか思えないわ。……妾たちとは随分ちがうわ。妾たちには、そんな遊びの余裕は全然ないの。

信三 （うんざりして）また始めた！ いい加減にしてくれよ。

逸子 私を救って下さらなくてもいいの。それより本当のことを言ってほしいわ。……いつか、研究室の方がお家へ集ってお酒召上ったことがあったでしょう。その時、貴方は酔払って仰言ったわ。俺はどんな好きな女に会っても絶対に大丈夫だ。金輪際間違いっこない。俺の、俺の場合は違うんだ。俺の生涯にはすばらしい戒律が懸っているのだ、って。その時、貴方の仰言った意味は他の方にはお解りにならなかったと思うの。……だけど、妾には解った。その時丁度、妾はグラス持ってお座敷へ這入りかけていたんだけど、もう、すんでのところで倒れそうでした。（泣く）ああ、やっぱり、妾は特別扱いだった、と——。

信三 ……

逸子 いつからか、貴方は、御自分の結婚を特殊なものと考えるようになっていらっしったの。特別の女を妻としたから、他の女と間違いをおこした、斯う人から言われたくないの。私との結婚は郷里《くに》のお父さんもお母さんも反対なすっていた。それを押し切って結婚なすった。それ見ろ、あんな女房を持ったから、と言われないように身を慎しもうとしていらっしゃる。見栄坊《みえぼう》で、敗けず嫌いの貴方は、今度の正木さんの場合だって、貴方のお言葉通り、絶対に大丈夫なの、金輪際間違いっこないの。その点、妾は一生何も心配要らないわ。正木さんをいくらお好きになっても、貴方はなんのトラブルもおこさないでしょう。妾の立場は有難いような、有難くないような、変な立場ですわ。

信三　（深く考え込んでいる）

玄関の呼鈴なる。

続いて格子戸の開く音。

信三　姉さんらしいね。

逸子　（涙をふいて）そうね。（立上る）

信三　（立上っていたわるように）君の話は、確かに当っているところもあるが、また、誤解しているところも随分多いよ。後でゆっくり話そうじゃないか。ただ、僕は、これだけははっきりと言えると思うんだ。君に対する愛情だけは昔も現在《いま》も変っていない。絶対に変っていない。

逸子　（皮肉に）それ、信念でしょう。ただ、時々後悔なさることが、違っているだけですわ。

逸子、涙をふき髪をなおし、廊下伝いに玄関の方へ去る。

信三、縁側へ出て、先刻逸子がおとした風鈴を見詰めている。やがて奥から幸子の賑やかな癇《かん》高《だか》い声と、それに応ずる逸子の声が近づいてくる。

幸子　（声だけ）あら、あら、そうなの、呆《あき》れちゃう。なにが速達なのかしら。
逸子　（声だけ）十分もたったかしら。そんなもんだわ。ほんの今しがた。……一体、朝何時にお乗りになったの。
　幸子、喋《しゃべ》りながら登場。
幸子　九時の急行よ。それがまた大変な人なの。格別用事もないのに、どうして人間って、あんなに汽車に乗りたがるのかしら。なんにも楽しみがなくなってきたから、みんななんとなく、あちこちをうろうろするのね。大変な時代になったもんだわ。（信三を見て）あら、信三さん、暫《しば》らく。（縁側にゆく）
信三　いらっしゃい。さあ、どうぞ。（部屋のなかに這入ろうとする）
幸子　こちらの方が結構ですわ。
信三　でも冷えますすよ。
幸子　大丈夫でしょう。却って気持がいいわ。
信三　じゃあ。（籐椅子にもどる）
幸子　しばらく。御無沙汰ばかりしまして。
信三　こちらこそ。お疲れでしょう。
　信三、幸子対《むか》い合って椅子に坐る。

幸子　突然に舞込んで——、だけど、ほんとは突然じゃあなくて、ちゃんと前触れしておいたつもりなんだけど。電報にすればよかったのね。

信三　電報だって大して当《あて》になりませんよ、この頃は。それはそうと、姉さんにお目にかかるのまる二年振りですかな。そうそう、一昨年《おととし》学会で上京してお邪魔して以来ですね。あの時はまた御丁寧に風邪で寝込んだりして、すっかりお世話かけました。兄さんも、その後——。（言いかけてやめる）

幸子　ええ、あの人、相変らずの相変らず、ひとの顔さえ見れば、忙しい忙しいって——、大方お酒飲んだり、ろくでもない女の子のお尻を追い廻すことに忙しいんでしょ。

信三　新聞社でも、特に兄さんのポストは忙しいんですよ、時節柄——。先日、兄さんの評論が三回続きで載っていましたね。「アメリカ外交の基調」ですか。

幸子　眉唾《まゆつば》ものよ、あんなの。大変な心臓だから。やれ、外交政策について講演するんだとか、大臣と飯を喰うんだとか、大きなこと許り言って、……そのくせ月給ったら、なんにも持ってきはしないの、どうしちゃうのか。

信三　姉さんにかかっちゃあ形なしだな、兄さんも。——でも、兄さんの外交評論は定評があるんだそうですよ。この間、友達がほめていました。現在の日本ではなんといっても一番の欧米通だし、理論の展開もラジカルで、実に実証的だって。

幸子　あやしいもんだわ。なんの欧米通だか――。妾、もう、耿作《こうさく》には懲《こ》り懲《ご》り！　後でお話しますけど、こんどはきれいに結末つけようと思って――。（ハンケチを眼にあてる）

信三　……

幸子　随分我慢もしたけれど、もう駄目なの。考えてみるに、妾、あの人と一緒になってから一日も楽しかったことないわ。あの人が特派員で外国へ行ってる三年が、まだしも私には静かな時だったかしら。あの人の書いたものを切抜いたりなんかして、あの頃はまだ妾も若かったのね。――実際、あの人ったら、外国にいる間だって、随分、妾を踏みつけにした生活していると思うの。何をしているか解ったもんじゃあない。これって証拠はないけど、いつか、メリーだか、マリーだか知らないが、その頃の日記の間から女と撮った写真が出て来たことがあるの。妾、あの人の目の前で、いきなり、その女の顔の真中をペン先きで突き破ってやったことがあるわ。そしたら、いきなり平手で妾を撲《ぶ》って――、（思い出したように）あの時も随分派手な喧嘩をしちゃったわ。耿作ったら、熱海かどこかへ行って三日も四日も帰らないし、妾は妾で塾の学生連れて、銀座でお金みんな費っちゃったわ。三日間で三千円も。

信三　姉さんだって不可《いけ》ないんですよ、そんな点――。

幸子　（案外素直に）そうよ。妾も不可ないの。仰せの通り、よく解っているわ。でも、妾って女、これでも素直にさせてくれたらとても素直なの。小さい時、みんなからよく、ほんとに珍らしく素直な子だってほめられたことを覚えているわ。耿作と一緒になってから、こんなにひねくれちゃったのね。妾のいいところはみんな失くなったの。素直なところも、慎しいところも。随分汚れて不可《いけ》なくなっちゃったわ。

信三　それはそうと、姉さん、ひと風呂あびたらどうです。食事なすってからゆっくり伺いましょう。お腹もすいているでしょう。

幸子　ええ、ありがとう。お腹は大して空《す》いていませんわ。もっとも朝から水以外、なんにも入っていないけど。多勢の人でお弁当も買えやあしない。……そうね、お風呂さきに戴いてさっぱりしようかしら。

信三　もう直ぐ支度できるでしょう。

逸子お茶を持って登場。

信三　（逸子に）お風呂は。

逸子　もう這入れますの。まあ兎《と》に角《か》、お茶をいっぱい上ってから——。姉さん、少しお痩《や》せになったわ。

幸子　——でしょう。ほんとに痩せもするわ。逸ちゃんの方は前よりずっと丈夫そうね。血色もいいわ。

逸子　赤ちゃんが出来ると、いつも、妾、いくらか肥《ふと》るの。赤ちゃんと二人分だからって随分喰べ

ることも喰べるわ。笑われるの、みんなに。（お茶をついで出す）

信三　僕は姉さんの食事のすむまで二階へ行っているよ。明日の講義のノートをまだ作ってないんだ。

逸子　ええ、どうぞ。

　信三、書物二三冊抱えて上手に去る。

幸子　（信三を見送りながら）いいわねえ、信三さんは。ずっと学者らしい落着きが出てきたじゃあない。いつも此処《ここ》へ来て思うんだけど、あんたのとこ、乙村御一家はどこかカチリとしているわね。罅《ひび》など絶対によりそうもない、なんと言うか、妙に手堅い雰囲気があるわ。……やっぱり、あんたの性格ね。

逸子　そうかしら。そうでもないんだけど、そう見えるのね。（うつろに）罅なんて一本もよらないで、いきなり割れる茶碗もあるわ。

幸子　割れっこないわ。敲《たた》きつけたって、逸ちゃんのとこ。……どこの家も結局は御主人次第よ。信三さんなら、どんな時だって、決して家庭を忘れる人ではないわ。倖《しあわ》せよ、逸ちゃん。

逸子　そうよ。金輪際あやまちっこないの、あの人！（淋しく笑う）

幸子　まあ、御馳走さま。（急に思いついて）話は違うけど、耿作から電報来ていなかった？

逸子　いいえ。

幸子　速達でもこんなにおくれるんだから、電報だって当にはならないわね。
逸子　兄さんから電報くるの？
幸子　（あいまいに）ええ、（周章《あわて》て打消す）いいえ、電報なんてよこすもんですか、あの人。（暫く考え込んで）でも、よこすかも知れない。……よこしても、妾、読まないつもり。若《も》し来たら破って貰うわ、あんたに。破って頂戴！
逸子　電報って、一体、兄さんなんて言ってよこすの。
幸子　（投げ出すように）そりゃあ、どうせ、帰れ、でしょう。でなけりゃあ、迎いにいく、決まっているわ。……莫迦らしい。ひとを思いきり突きはなしておいて、その後で下手に出てくるのが、耿作の手なんだわ。そこにいつも敗けちゃうのね、妾。今度という今度は帰るもんか。帰ってなんかやるもんか。（興奮して）逸ちゃん（椅子から立ち上るが再び力なく坐る）妾、もう、つくづくひとりで暮したくなったの。耿作と一緒にいると、どうしても妾という人間は休まらないの。四六時中、喧嘩しているみたい、何か張り合っているの。星が合わないと言うのかしら。あの人だってそうだと思うの。妾たちはお互のためにも別れた方がいいの。今までも随分別れようと思ったわ。でも出来なかった。だけど――。
逸子　（冷く）事情まだ伺ってないけど、姉さんたち別れたりできっこないわよ、きっと。いくら堅く決心したって、姉さんにしろ、兄さんにしろ、だめよ、別れてなど暮せないと思うの。

幸子　いやあね。
逸子　だって、妾にはそんな気がするの。（やや意地悪く）だったら、兄さんがお迎いに来ても、ほんとに姉さんの今度の決心変らないかしら。
幸子　迎いになんて来ないわよ。
逸子　来るわ、きっと、兄さん。
幸子　そうかしら。
逸子　兄さんが来なすっても、いまの姉さんの気持動かない？
幸子　（考えているが）逸ちゃん、妾ね、明日《あす》お郷里《くに》に行くわ。耿作はやっぱり明日の晩あたり、ここへやって来そうな気がするの。もう二度と会うのはいや！　死んでもいや！　郷里にゆくわ。
逸子　姉さんがお郷里にゆけば、兄さんだって直ぐお郷里に追かけて行くじゃあない、莫迦ね。……だめ、駄目よ。どんなこと仰言っても、姉さんは兄さんが好きなんだから。
幸子　まあ、逸ちゃんたら、ひどい！　ひとがこんなに苦しんでいるのに！　あんたというひと、昔から妙に邪険なところがあるわ。
逸子　いくら苦しんでも、（冷く）姉さんたち、倖せじゃあないの。
幸子　逸ちゃん、あんたったら、親身に相談できない人ね。全然、妾の気持解っていないわ。
逸子　……

幸子　（突然錯乱したように）そうなの、あんたの仰言る通り、妾、耿作が好きなの。ほんとに好きなんだわ。……だけど、考えてみると、妾、あの人と最初会った時から今までに、倖せだったっていう日は一日もないの。ただの一日も。（泣く）妾、時々、真剣に考えることがあるわ。愛情なんてものとは別の、なにかことごとに憎み合っているくせに離れられない変なものが、業《ごう》みたいなものが、二人の間にあるんじゃあないか、って。世の普通の家庭の静けさ、たのしさ、なごやかさといったものは、妾たちの間にはどうしても生まれて来ないの。……妾、この頃、ただ無性に静かになりたいの。安穏な生活がほしいの。落着いてぼんやりと家のお座敷に坐って、繕《つくろ》いものでもする気分、そうしたものが持てたら、どんなにいいか、夢にまで見るわ。でも、耿作と一緒にいる限り、一生駄目だと思うの。いっそ死んだら、死んでしまったらと幾度——。

（泣く）

逸子　（さすがに動かされて）ごめんなさい、姉さん。……疲れていらっしゃるのよ。

幸子　近頃、これで、禅の本なども読んでいるの。鎌倉の禅宗のお寺の御老師のお話をききに行ってもみたわ。お友達の紹介で、日曜ごとに御老師のところへお邪魔することにしたの。結局は二回きりで後はすっぽらかしちゃったけれど——。

逸子　歌はつづけてやっていらっしゃるの、その後も。

幸子　やめたわ。作れないの。いつにも雑誌へなんか送りはしない。お友達も、先生もすすめて下さるんだけど。

逸子　前のようにお作りになったら。でないと、躰をこわすわ。

幸子　（淋しく）もうこわれているの。魂の病気なのね、きっと――。妾の魂、病んでいるんだわ。

庭の虫の声しきり。

逸子　……

幸子　鈴虫かしら、何年にもきかないわ。

二人、それぞれ黙して、虫の音を聞きながら物思いに沈んでいる。

間。

幸子　（突然に）ああ、やっぱり、妾、耿作に惹かれているのね。こうして静かにしていると、あの人を待っている気になっちゃうの。（思い乱れて）逸ちゃん。（思わず立上り逸子にとりすがる）逸ちゃん、あんたの口からはっきりと言って頂戴！　耿作と別れなさいって。ね、お願いだから、そう言って頂戴！（泣く）

逸子　（冷然と）いやな姉さん！

幸子に取りすがられたまま逸子、虫の声に聞き入っている。泣きじゃくる幸子の声と虫の声。

虫の声次第に高くなるうちに、静かに

――幕――

第二幕

人物

乙村信三

〃逸子

〃光夫（八）長男

〃捷二（五）次男

白戸幸子

坂田かの（六五）幸子逸子の母

〃譲次（三〇）幸子逸子の弟（登場せず）

あき（二〇）女中

太一（五〇）村人

前幕より五年後、昭和二十年六月末、大東亜戦争も終末に近く、大都市爆撃が日々熾烈《しれつ》なるころ。場所は幸子逸子の郷里中国山脈の尾根にある小さい農村。

舞台は幸子逸子の実家坂田家の一間。すべてが代々漢方医の家として知られている旧家坂田家らしい造作。十数年前当主が亡くなり、それ以後医業はやっていないが、どことなく医家の名残がうかがえる。下手は広い土間、戸口、高い上《あが》り框《かまち》、部屋は十五六畳ぐらい、右方一部は畳敷、他は板の間で茣蓙《ござ》が敷いてある。畳敷と板敷の間に大きい衝立《ついたて》がおかれてある。板敷の方に大黒柱、大型の長火鉢、正面にずらりと薬簞笥《くすりだんす》、その上にラジオ、ラジオの前に茶卓と籐椅子。畳敷の正面は襖《ふすま》、「医者仁術也」の大額。土間の奥には茶の間、台所の一部が見え、背戸への戸口ある気持。

幕あくと、舞台には逸子一人、薬簞笥の上のラジオのダイアルをしきりに廻している。一旦あきらめるが、また丹念にダイアルを廻す。突然ラジオ鳴り出す。

「……東部軍管区内に入りました。兵庫県、大阪府、京都府、滋賀県、和歌山県、空襲警報解除、ただいまの時刻は九時二十分であります。」

逸子ラジオのスイッチを消す。椅子に腰をおろす。母かの、奥より登場、長火鉢の前に坐る。

逸子　このラジオをきくのは容易じゃあないわ。アンテナ張っても大した効果がないのね。やっぱり土地が高いからかしら。

かの　なに言うても、おまえ、この土地は高野山よりも高いんじゃからなあ。……それよか、信三さんは支度もうできたんかい。
逸子　ええ。もうそろそろ出掛けないと――。おひるの汽車だから時間はたっぷりあるけれど、なにしろ途中がひどい山道だから――。それにしても心配だわ。あいにく今日は朝から敵機が来ているわ。
かの　ほう、そげえなことかな。けうということじゃなあ。信三さんもなにもそうせかんでも、もう一日おってならよろしいに。昨日見えて今日帰るんじゃあ、疲れも休まらなんがな。あんな仰山な荷物持ってきて――。
逸子　そう言ってもいられないらしいの。大学だって研究室だって今日にも解《わか》んない運命にあるでしょう。九分通りできている論文だから、なんとかして、まとめるだけはまとめたいんですって。それで、信三あんなにせいてるのね。……無理もないと思うの。大学を出てから十二年間続けてきたお仕事なんですもの。途中の兵隊の三年さえなけりゃあ、もう出来上っているんでしょうが。
かの　十二年かい、もう。（考えて）そりゃあ、そうなる勘定じゃなあ、光夫がもう八ツじゃになあ。
逸子　早いもんだわ。……それでも父《と》うちゃん忙しい中を来て下さるんで、子供たちの冬物も全部運べたし、大阪にはもう大切なものは何も残っていないわ。

かの　よう、まあ。
逸子　ゆうべ数えてみたの。初めからでは信三、十一回も来ているわ。
かの　やっぱり、若いもんじゃなあ。
逸子　妾《わたし》たち疎開してから、丁度一ヶ月だけど、この一ヶ月の間だけでも、今度で四回目よ。随分大変だったと思うわ。いつも一泊だし。……（思い出して）姉さんは？
かの　幸子かい。もう帰りそうなもんじゃが。……妾があんまりやきもき言うんで、やっとのことで、けさ近所へ挨拶廻りに出掛けたが――。あの子は都会《まち》と同じように考えとるんで困る。
逸子　姉さんは相変らず姉さん流ね。でも、姉さんはあれでいいんだわ。
かの　それでも、おまえ、来て一週間にもなるって言うに、隣り近所にも顔出しせんでは――。薪を出せ、馬草を刈れって言われても、男手のないこの家はみんな近所衆の厄介になるほか、どげえしようもない。
女中あき、捷二《しょうじ》を背負って裏口より登場
あき　（かのに）奥さん、大前さんが道普請のことで、なんですか――。
かの　いま、来ていなさるのかい。
あき　はい。背戸の方にいなさります。
かの　そりゃあ、御苦労じゃなあ、どれ、妾が行こう。（立ち上る）

逸子　（あきに）捷ちゃん、おねんね。
あき　はい。おんぶすると、直《す》ぐ——。
逸子　眠かったのねえ、あんなにぐずぐず言ったのは——。
かの、あき、土間より背戸の方へ去る。やがて、信三、リュック・サックを持って奥の間より登場。つづいて光夫も。
逸子　忘れものありません。
信三　ないつもりだよ。
逸子、長火鉢の前で茶の支度をする。
信三　（光夫に）おとなしくしておいでよ。母さんと、それからおばあちゃんと、それから東京のおばちゃんの言うことをよくきいて——。（坐ってリュックの内容品をあらためにかかる）
光夫　今度、三輪車持ってきてよ。
信三　三輪車か、弱ったな。（笑い乍《なが》ら）あいつだけは運べんからな。
逸子　三輪車は戦争に勝ったら、もっといいのを買って上げると言ったでしょう。
逸子、茶をついで出す。
逸子　どうぞ——。
信三　例の母さんのおまじないかい。

逸子　ええ、母さんの旅立ちのお茶。——枇杷《びわ》の葉に、胡麻《ごま》に、十七年目の梅干、あとは忘れたけど、なんでも、そりゃあ、大変なものですわ。妾も女学校時代にお休みが終って、京都のおばさんの家に帰る時は、いつも斯《こ》うして、此処《ここ》でこのお茶を頂いたものですわ。

信三　（茶をのんで）併《しか》し、いつ飲んでも、このお茶の味はいいね。いかにも旅立ちのお茶と言った感じだ。渋いような、酸《す》いような、まさに無事息災の味だね。これで爆弾にも当らんだろう。

逸子　当りませんとも。（考えこんで）思えばいまは大変な時代だわ。全く命懸けの旅立ちね。

信三　これで当分此処へもやってこれないな。……併し、今日は実に気持がいいよ。家族たちと、それに必要な品物を一通り運び終えたら、どんなに吻《ほっ》とするだろうって、この三ヶ月の間、寝てもさめてもその事が頭を離れなかった。が、今日はまさしくその日なんだ。疎開作業もまずこれで一応完了の形だからね。

逸子　これからはお仕事ね。

信三　そうだよ。仕事だ、仕事だよ。家族を生き抜かせることと、論文をまとめること——この二つが現在の僕には総《すべ》てなんだ。勝つか、敗けるか——って言うが、冷静に考えれば戦争はもう駄目さ。国全体が火のついた爆弾みたいなものだ。しかもそれが物凄い勢で坂を転っている。転り終えた時、どんなことが起るか、たれも知りはしない。おそろしい時代さ。こんな時、一体、人間として何をなすべきか、随分考えてもみた。併し結局僕にとっては、まず家族を生かすこと、次は論文をまとめること――この二つだ。一体これ以外に、こんな時世に、どんな意義のあることがあるだろう。少くともこの二つだけは僕にとっては真実だ。絶対ぎりぎりの心の叫びだ。併しそのうちの一つは、どうやらこれでやり遂げたわけだ。……僕は昨夜、夜中に一時間程床の中で眼をさましていたが、その時考えたよ。この日本にいかなる時代が来ようと、此処だけは安全だとね。年々歳々、この高原の一角には静かな白い夏雲が浮かぶだろうし、雪の深い冬の夜は相《あい》も変らず音訪《おとず》れてくるだろうと。

逸子　思えば随分難事業でしたわ。よくやれたと思うわ。……思い立ったのが遅かったのね。大阪が二回も焼けて、あの物凄い罹災者《りさいしゃ》がひしめいている最中ですものね。既に手おくれかと思ったわ。小さい子供は二人あるし、妾は病気上りだし、全くよく此処まであの汽車に乗ってこれたと思うの。全く大変だったわ、貴方《あなた》おひとりで。

信三　僕は自分でも不思議な気がするんだが、こんど程、夢中で真剣になれたことはなかったな。やはり、つくづく妻子を生かすと言うことは、人間の持つ一番大きい本能だと思うね。今まで随分見かけたが、多勢の子供を抱え、妻君をつれ、背中にはバケツやら盥《たらい》などを縛りつけて、あの殺人列車の中で、疲れた顔をして黙って揺られている男を見ると、僕はいつも妙に胸が疼《うず》いてくるんだ。これこそ人間の素裸かの、嘘も偽りもない、本然の姿だと思うな。これは僕にとっては大きい発見だったよ。

逸子　妾にも、戦争のお蔭で大きい発見が一つあるの。……それは貴方の心がはっきり摑《つか》めたこと
——ごめんなさい、こんなこと言って！　でも、随分長い間、妾はひとりで苦しんできたわ。
信三　あの問題かい、正木君の——。
逸子　そうなの。あのひとはなんにも知らないで結婚なすったけれど、貴方がたとえ心の中だけで
あろうと、あの方がお好きだったと思うと、やはり後々まで嫌な気持が消えなかったわ。あの
こと以来、妾には貴方の心の本当のところが、どうしても摑めない気持でした。兵隊にいらっ
しゃっている間も、帰還なすってからも、ふとそのことに思い当ると、底のない沼をのぞいて
いるような、なんと言うか、堪まらなく滅入りそうな淋しい気持だったわ。……今度のような
生きるか死ぬかの大事件にぶつからなかったら、このことは妾の一生涯の暗い影になっていた
かと思うわ。妾、斯う言うと、貴方にひがみだって叱《し》かられるけれど、やはり特別の人間なのね。
他のひとより極端に潔癖なの。どうしても自分にもまやかしが許せないの。
信三　戦争だよ。戦争の怖ろしい力が何もかもふっ飛ばして終《しま》ったんだ。そして爆弾にも飛ばされ
ないで、後に残ったものだけが真実なんだ。斯うした容易ならぬ時代に生れないと、人間って
ものは、自分の気持でさえ、その本当のものはのぞけないと思うんだ。若《も》し戦争がなかったら、
僕だって、君に対する気持やあの人に対する気持の本当の姿を、はっきりと自分で認識するこ
とは六難《むつか》しかったと思うな。いつか、君に心の中を指摘されてから、僕は僕で、自分の心の正

体をつきとめるために随分苦しんだ。

逸子　あの頃、貴方が苦しんでいらっしゃるのは、妾にもよく解っていたわ。もうとうに消えて終った私と貴方の間の焔《ほのお》を、むりに見付け出そうと苦しんでいらっしゃる、そんな風に妾には思えたわ。それが妾にはまた悲しかった。

信三　その焔は消えていなかったのさ。ただ、君にも僕にも見えなかっただけなんだよ。その意味では野戦の三年の生活は、僕にとっては大切な転期だった。……烈《はげ》しい戦闘が終わる、ああ助かったと思う。と、ふと思い浮かんでくるのは君と子供たちの顔だ。いつもいつもそうだった。会いたいとか慕《した》わしいとか言うより、もっと静かな大きい感動だったな。じっと眼をつぶって、君たちの顔を瞼《まぶた》に描いているだけで、心は鎮まり満されて行った。いつまでもそのままにしていたかった。……狂うこともなかった。絶望することもなかった。兎《と》も角《かく》生きることだ、生きていること、ただそれだけで充分に貴く美しいことではないか、そんな風に俺の生をしっかり内側から支えていたものは、君たちだった、君たちへの愛情だった。……万葉に妻恋《つまごい》の雁《かり》を詠《うた》って自分の気持を述べた歌が沢山あるが、そうした気持が初めて実感として解った思いだったな。本能的だが、それだけに純粋で、何か切々たる気持なんだ。斯うした感情は、いつか近代人の生活には全く喪われて、跡方もありはしない。それが野戦生活という特殊な環境の力で、僕の心によみ返ってきた。嬉《う》れしかったな。こうした気持を自分のうちに発見した時は——。

そうした君に較べて、一方あの人の姿は、なんと遠く小さかったか。大陸であの人のことを考えると、なんと言うか、丁度流星でも見るような気持だった。その美しさも光りも冷たい天体のもの、現実のものではなかった。……ひどく遠かった。……ひどく冷たかった。……そして何よりひどく無縁な思いだった。

逸子　（動かされて）あなた！

信三　大きい経験だったな。あれは——。それから帰還すると、直ぐ今度の騒ぎだ。自分の心の在りのままの姿が、いやが上にもはっきりと眼の前に曝《さら》け出された恰好《かっこう》さ。

逸子　（涙ぐんで）戦争が妾たちの生活から、すべての不純なものを、すべてのまざりものを洗い落してくれたのね。……あんなに苦しんだことが、今になってみると、妾、なにか不思議な気がするの。

信三　考えてみれば、あの頃はそれだけ生活に余裕があったんだね。愛情を疑ってみたり、自分の心の本当のものを、納得するまで見極めようとしたり、お互がくだらなくあがいていたんだよ。……だが、もう君は、かりそめにも、僕が君の不幸に惹かれていたなんて、あんなことは言い張らないだろうね。僕が結婚したのは、まぎれもなく君だ。不幸も幸福もありはしない。君という人間全体だったのさ。

逸子　ごめんなさい、あの頃のことは——。いま、そんなこと、考えただけでも申訳ないと思うの。

かの登場、土間より部屋に上り、火鉢の側に坐る。

かの　大変じゃなあ、また荷物もって——。……（逸子に）お茶上げたんかい。

逸子　ええ。

信三　いただきました。気持がさっぱりしました。

逸子　（気付いて）あら、もう十時を廻ったわ。さあ、もう、お出掛けにならないと。

信三　じゃあ、出掛けよう。母さん、子供たちのことをお願いします。

かの　こっちは自宅《うち》じゃからなんの心配もありゃあせん。ただお医者さんのないことだけが、子供を預ってみると、妾の頭痛の種じゃけど——。こんな時、おじいちゃんさえ御存命ならなあ。

信三、上り框に腰をおろし靴をはき、ゲートルを巻きはじめる。

逸子　でも、おじいちゃんにかかったら、何を飲まされるか解らないから、妾、随分、はらはらすると思うの。大人ならまだしも、子供にはねえ——。

かの　逸子や幸子はいつもそう言うてやが、漢方医じゃ言うても、おじいちゃんは豪《えら》いもんじゃったよ。九塚《くづか》の坂田と言うたら、町のお医者さんに見はなされた人たちが、毎日、岡山、鳥取からはるばる何人ともなくやって来たんじゃからなあ。

逸子　来る時は籠《かご》できた者が、帰りは七曲りの峠を歩いて帰ったんでしょう。母さんのおはこだわ。でも、また実際にそうらしかったわね。村の人がみんな言うわ。妾たち小さくて、患者さんの多いということだけしか記憶にないけれど――。
信三　では。
かの　光夫さん、お父うさんにさよなら。
光夫　ううん、送ってゆくの、母さんと峠まで。
かの　ああ、そうかい。それがいい、それがいい。
　かの、逸子、光夫、土間におりる。
信三　（かのに）姉さんには挨拶せずに帰りますが――。
かの　ほんに、幸子、居ってならええに――、そんなら、よう気をつけさんせ、なあ。（送ろうとする）
信三　母さん、いいんですよ。
かの　そこまで――。
　一同、裏の戸口の方へ消える。
　暫《しば》らく間。
　かの、一人戻ってくる。部屋に上り火鉢の前に坐《すわ》り茶をのむ。
　やがて幸子、戸口より登場。
幸子　ただいま。

部屋に上って、ぺたんとかのの前に坐る。

幸子　ああ疲れた。田舎の人って、だれも彼も、どうしてあんなにくどいんかしら。一軒一軒、東京の爆撃の様子を根ほり葉ほり聞くんだから、話す方は堪まったもんじゃないわ。

かの　組内はみんな廻ったんかい。

幸子　ええ、やっと——。面倒臭いから大急ぎで村中廻ってやろうと思ったんだけど、今までかかって組内がやっと——。信三さんもう立ったの？

かの　はあ、お前と入れ違いに、よろしうにって。

幸子　そう、悪かったわね。妾居なくて——。（考え込んで）大変ねえ、あの人も。でも、よくやるわ。

かの　ほんになあ、よう躰《からだ》がつづくと思うほど。……汽車の切符を買うのに一晩徹夜して、また乗るのに何時間も並んで、その挙句、あの荷物背負うて満員の汽車の中に、六時間も立ちづめじゃげな。それやから、妾、逸子に言うのやが、徒《あだ》やおろそかには出来んよて——。

幸子　全くねえ。やっぱり、三年間、戦争に行って鍛えているのね。耿作なんか、まねも出来ないわ。

かの　耿作さんの方は、お前、躰のつきが違う。やれと言うたかて無理やがな。

幸子　荷造りから運送屋の交渉まで、妾一人でやったんだから嫌になっちゃう。

かの　そのくらいのことは、出来そうなもんじゃゃげに、なあ。
幸子　嫌になっちゃうわ、全く――。どこの御亭主だって、リヤカアの一つや二つは引張るんだけど。非力で、億劫《おっくう》がり屋で、第一思いやりが足りないんだわ。……（思い直して）また、実際のとこ、忙しいにも忙しいのね。外務省と新聞社をかけもちなんだもの。……そうそう、新聞、まだかしら。
かの　まだだよ。どうしたんかなあ、この二三日。
幸子　ここにいると、ラジオはろくすっぽ聞けないし、新聞は二日おくれだって言うけれど、二日おくれどころか、妾が来てから全然姿を見せないじゃあないの。さっぱり東京の事情わかんないわ。
村人太一、戸口より登場。
太一　奥さん、いなさりますけえ、朝早うからお邪魔して――。
かの　太一さんかい。
太一　えらいことですなあ、どうんどうんと毎晩――。
かの　ほんとに、こわいこと。
太一　（幸子をみて）これは、幸子さん、えらい恰好しまして――、先程はまた結構なお土産《みやげ》までつかあさって、有難うごぜえました。

幸子　こちらこそ、朝早くから。
太一　あんたさん、安気《あんき》でしょうがなあ、ここは。……なに言っても都たあ違いましょうが——。戦争が片附くまで、当分、ここにおいでんさることじゃが——、どうん、どうんと、音はひびいても、三、四十里先きのことじゃもの。
かの　昨夜《ゆうべ》の音は西北の方角のようじゃったが。
太一　昨夜のは米子《よなご》の飛行場ですげな。どこも家は焼けるし、死人はでるし、町という町は地獄じゃがな。……（思い出して）ああ、そうや、そうや、郵便を役場よりことづかってでした。（手紙をかのに渡す）
かの　こりゃあ、どうも——。（手紙をみて）幸子、耿作さんからや。
幸子　（手紙を受取って）これ、四日目に届いているわ。こんな早いこともあるのね。
　幸子、手紙を開封して読む。
太一　戦争もえらいことじゃが、お蔭で奥さんは、嬢さん二人もどられるし、孫さんまで急に二人もでけて、なあ、坂田の奥さんにとっちゃあ、嬉しいこっちゃ、と、会う人、会う人、村の人は言うとりますじゃ。いっときは、坂田さんの家も総領は兵隊にとられるし、奥さん一人で後はどうなるかって、噂しおってでしたが、なあ——。
かの　ほんに、戦争のお蔭で、急に賑やかになってなあ。

太一　じゃあ、奥さん、嬢さん、えろうお喋《しゃべ》りしてしもうて。
かの　お茶もお上げせんと。
幸子　すみません、わざわざ。
太一　じゃあ、ごめんなせえ。
　太一、奥の戸口へ去る。
かの　変ったこたあないかい。なんにも。
幸子　（生返事して）ええ。
　幸子手紙を繰返し読む。
幸子　（手紙から目をはなし）あのね、妾、来てから一週間程の間に、東京は大変だったらしいわ。今度は山ノ手の残っているところが全部やられたらしいの。被害は書けないがって書いてあるけど——。（再び手紙に目をおとし）いやだわ、まあ、新聞社もやがてふっ飛ぶだろうって——、新聞社がふっ飛べば自分もふっ飛ぶじゃあないの。莫迦《ばか》ね。
かの　えらいことじゃなあ、怖いこと。
幸子　怖いわ。それに生活も随分辛いらしいわ。自炊生活に参っているのね。夜おそく帰って、暗い中で炊事するのが嫌だって。
かの　そうだろうともな。……だれも彼も、国挙げてえらいことじゃなあ。

幸子、立上って、ぐたりと籐椅子に腰をおろし物思いに沈む。
暫らく間。

幸子　（唐突に）母さん、妾、帰ろうかしら。

かの　帰るって！　どこへ。

幸子　東京へよ。

かの　（愕然《がくぜん》として）なにを言うてじゃ。

幸子　だって。

かの　とんでもない。今頃東京へ帰ったら、それこそ、死んでしまうに決まっとるがな。

幸子　でも。

かの　でもって。……（きつく）帰りたいのかい、お前。

幸子　いや、母さん、そんな怖い顔！

かの　怖い顔じゃあない。呆《あき》れとるんじゃ。かりにも、そんな考えが出せるもんじゃあないがな。
ように考えてごらん。

幸子　（弱々しく）うそよ、母さん、帰るなんて。

かの　……

幸子　本気になるもんじゃあないわ。（考え込む）

かの　あほな！
幸子　妾、ほんとは少し田舎の生活がいやになってるの。みんな朴訥《ぼくとつ》なんか、ずるいのか解んないような人たちの中で、じろじろ見られてこれから暮すのかと思うと、あまり有難くないわ。……大体、みんな慾ばかり深くて、鈍感だわ。自分たちがどうなるかも考えないで、内心では都会の人たちが困っているのを悦んでいるのね。さっきも坂下の親父ったら、「えらいこっちゃ、えらいこっちゃ、東京、大阪はいまに街も人もみんなのうなってしまう、それに決まっとる！」だって、いやに力瘤《ちからこぶ》いれてるの。全く莫迦にしてるわ。のうなったら大変じゃあないの。大体この村の人、戦争に敗けかかってるというのに、妙にうきうきしているわ。
かの　なにを言うのじゃ。けさまで、東京の人に較べたら、土地の人は神さまのようじゃと、お言いやったが――。
幸子　神さま、とんだ神さまだわ。（考え込むが突然）母さん、妾、やっぱり、ちょっとだけ帰ってこようかしら。ほんの一二泊の予定で。
かの　（きつく）いかんよ。またそんな――。そんなあほなこと。途中で、どげえなことになるか、解りはせん。
幸子　母さん結局利己主義だわ。……信三さんや耿作だと――。
かの　おだまり、幸子。……信三さんも耿作さんも、可愛《かわ》いいのはいっしょさ。そうじゃけど、男と女は違う。この家にとってはかけがえのない譲次でも、立派に愚痴ひとつ言わずに、戦争に出してあるんじゃないか。
幸子　譲ちゃんの場合は、兵隊さんだもの、別だわ。
かの　妾は毎朝毎晩、お燈明《とうみよう》の灯かて、いつも三つずつ上げとる。一つは譲次、一つは耿作さん、一つは信三さんと――。
幸子　それは妾も知ってるわ。感謝しているの。だけど、……だけど、ねえ、母さん、耿作もよほどやり切れないらしいの。できれば、やっぱり帰って来い、って。
かの　（呆れて）耿作さんがそうお言いかい。帰って来いって、ほんとにそう言うてよこしたのか。
（考えこむ）
暫らく間。
警戒警報の半鐘、のんびりと聞えてくる。
かの　それで、お前も帰ろうと言うのか。……妾にしてみると、どうも、あんた方の考えに間違いがありはせんかと思うのじゃが――、よお考えてごらん、お前にも耿作さんにも、どうも妾には解《げ》せんとこがあるじゃ。そうじゃないか、ふだんは別れる、別れるというて、ちょっとしたことにも大騒ぎしておいて――、何回、家を飛び出したやら。それを、世の中の人が全部別れて暮さねばならぬこの時勢に、こんどは一緒に住むと言うのか。疎開してきて一週間になるかならんのに、あの怖《おそ》ろしい東京の真中に帰ってゆく気か。そんなあほな話、妾はきいたことがない。

幸子　……

かの　（激昂して）幸子、白戸にそう言っておやり。母が承知しませんと。なにを言い出すか解ったもんじゃあない。莫迦らしいにも程がある。毎日何千何百の人が死んでゆく都へなど、たれが大切の娘をやれるもんか。……逸子にもきいてごらん。信三さんのことも考えてごらん、あんなに苦労して、あんなに一生懸命になって、それと言うのも、みんな逸子と子供たちを無事に暮させたいばかりにさ。それが普通の、当り前の人の考えではないか。……それを東京へ出て来いという人も人やし、出掛けて行こうとする者も者や。

幸子　よすわ、母さん、行かないわよ、もう——。

かの　（頭を抱えて絶望的に俯伏《うつぶ》す）ああ、おつむが痛うなった。

幸子　母さんの言うのが本当なの。（しんみりと）妾たちが違っているの。そうよ。妾たち、普通でないの。どこか狂っているんだわ、狂って。（空虚に笑う）よすわ。東京へなんか行かないわよ、わたし。

かの　ああ痛い、おつむが痛い！

かの、興奮したままで立上って奥の間に消える。

幸子、また手紙に目をおとす。
光夫、草花を持って戸口より登場。つづいて逸子も。

光夫　ただいま。（部屋に駈こむ）

幸子　お帰りなさい。

光夫　おばちゃん、この花峠にいっぱい咲いてるよ。お父うちゃんに採って貰ったの。

幸子　まあ、綺麗ね。峠までお父うさんお送りしたの。

光夫　うん、おばあちゃんは？（奥の間へ駈け去る）

逸子　姉さん、捷二起きませんでした？（部屋に上り坐る）

幸子　――でしょう。ちっとも声しなかったわ。

逸子　そう。……あの峠の上に立つと、いつでもこの九塚って、なんて高いところにあるかと思うわ。尤《もっと》も中国山脈の尾根にあるんだもの、高いには決まっているけれど。……きょうつくづく思ったわ、山の奥って言うより、天に近いといった感じね、太陽の光りも、そこらの空気も、妙にこうはろばろとして。小さい時はそうも感じなかったけれど。……峠の上に立っていたら、丁度真上をＢ29の編隊が通って行ったわ。翼を白く光らせて、山の背に大きい影まで映して――。でも、おかしいものね。あそこで見ていると、大阪ではあんなに怖かったのに、ちっとも恐怖感がないの。

幸子　そう言えば半鐘が鳴っていたわ。
逸子　警戒警報よ、あれ。
幸子　滑稽だわ、人なみに。こんな山奥のくせして、なにが警戒警報よ。……（思い出して）それより、信三さんお送りしなくて悪かったわ。
逸子　そんな――。いいのよ、あの人、元気で行ったわ。
幸子　信三さんも来る時は張合があるけど、帰る時はいやだわね。
逸子　そうよ、大阪へ行くんだから――。また今夜も安眠できまいって、言ってたわ。この頃平均二回は起されるんですって。
幸子　だんだん、国中がひどいことになって来るのに、論文でもないじゃない、今ごろ――。研究なんてやめて、暫らくこっちへ来てなすったらいいのに。
逸子　そんなこと、とても。あの人、やりかけた仕事に夢中なの。あれだけ真剣だと、やっぱり、どんなにしても仕上げさせたいと思うわ。
幸子　でも、この戦争敗けるって、耿作なんか言ってるわ。敗けたら論文どころじゃあないのに。
逸子　あの人も敗けるって言ってるの。だけど敗けるまでにやっちゃうんだって。やれる間にやるんだって。それに二度目の召集だって来かねないし――。
幸子　学究ね。ほんとの学究って言うのね。……（一寸《ちよつと》改まった調子で）逸ちゃん、あんた、信三さんをあの怖ろしい大阪へ帰して心配でないの。
逸子　そりゃあ、心配だわ。若しものことがあったら――、いや、こんなお話よしましょう。えらい時代に生まれ合せたもんだわ、妾たち。
幸子　別れていて平気？　あんた、いやにおおどかだわ。
逸子　でも、仕方ないじゃないの。こうする以外、どうしようもないじゃあないの。
幸子　仕方がない！（考え込んで）そうね、仕方がないことなのね。そうかも知れないわ。……やっぱり、あんたたち豪いのかしら――。妾だったら旦那さんから論文なんて取上げちゃうわよ、きっと。耿作みたいに半ば徴用の形で、外務省に縛られていては術《て》がないけど。
逸子　（笑って）いくら姉さんだって駄目よ。信三、いま論文のことしか考えていないんだから――。性分なのね、あんなにむきになるの。
幸子　そうね。信三さんは耿作なんかと随分違うわ。耿作ときたら、敗ける敗けるって人には言っておきながら、妾がやらなければ、自分は着物一枚疎開しようとしないの。あちこちで、疎開をすすめる講演なんかして廻っているくせに、自分と来たらちっともその気にならないの。新聞記者って、実際、実行力のない変梃《へんてこ》な人種だわ。全く、だらしないってありはしない。東京の街のあらかたがめらめら焼けちまってから、急に周章《あわ》て出して、ぐずぐずしていないで、とっとと疎開しちゃえだって――。まるでこっちが悪いみたい。おかしかったわ。……そのくせ、妾が疎開したら、今度はとたんにひとりでいるのがやり切れなくなったの！　さぞ、あの人のことだから、防空壕の中で、ぶうぶう言っていると思うわ。俺ひとりこんな苦労するの、かなわねえって――。わがままったらありはしない。母さんの呆れるのも無理はないわ。（思い出して）逸ちゃん、あんた、どう思うかしら。これ、読んでみてよ。（手紙を逸子に渡す）

逸子　あら、兄さんからの――。（読む）

暫らく間

幸子　逸ちゃん、どう思う。

逸子　（当惑して）どうって――、さあ。

幸子　（ヒステリックに）なっていないでしょう。……あの人、死ぬんなら一人は嫌だ、妾を道連れにしちゃおうって了見なのね。妾を助けてやろうって考えはみじんもないわ。

逸子　まさか。

幸子　だって、……結局はそうなのよ。炊事が辛い、辛いって、そんなこと決まりきっているじゃないの。こんな戦争の最中だもの。（急に空虚に笑い出すが、また突然静まる）だけど、あの人、こんな弱音を吐いたこと、こんどが初めてだわ。よっぽど参っているんだわ。夜おそく家へ帰って、ウイスキーでも飲んで、警報が出ると、ウイスキーの壜《びん》抱えて、お隣さんの防空壕に飛び込んで、またもくもく這い出して――眼に見えるようだわ。妾でもいるんなら、そんな時麵麭《パン》でもやいてやるんだけど、あの人のことだから、お腹《なか》すかしたまま、真暗い中を手さぐりして万年床にもぐり込んでしまうのがおちだわ。そして寝ついちゃったら最期、そばに爆弾が落ちてくるまで知らないでいるの。莫迦ね。

幸子　兄さんお仕事がお仕事だから、信三などと違って、大変には大変ね。

逸子　妾ね、母さんをおこらしちゃったわ。

幸子　どうして。

逸子　東京へ帰るって言って――。

幸子　まあ。……いつ。

逸子　ついさっきの事よ。この手紙が来た時。……随分、親不孝だわ、わたし。……（独り言のように）辛いわ。

幸子　ほんとに東京へ帰るなんて仰言《おつしや》ったの。

逸子　言ったわ。だって、妾、東京へ帰るつもりなんだから。

幸子　（驚いて）まあ、帰るの。

逸子　ええ。あわただしいけど、思い立ったらじっとしていられないの。明日《あす》にでも――。

幸子　危いわ。それこそどうかと思うわ。そりゃあ、母さんだって、心配するのが当り前よ。無茶というもんだわ。

幸子　無茶かしら。
逸子　無茶よ。母さんでなくたって、妾だってとめるわ。
幸子　そう、無茶、無茶かも知れないわね。（突然うつろな笑い声を立てて）妾たち、東京でいっしょに死んじまえばいいの。あんた方と違って子供もないし、この世にはもう未練はさらさらないわ。死んじまえば、もう喧嘩することもないし、別れ話もこれでピリオドなの。あとは二人とも静かになると思うの。……妾、あの峠を越して、この村へ這入ってきた時、なぜか、いやあな気がしたの。あんたのように、天に近いとも感じなかったし、はろばろとした気持にもなれなかったわ。夏の風が北から南へ吹いて、なんていう花か知らないが、そう、さっき光夫ちゃんが持ってきたあの青い花が、いちめんにこまかく揺れていたわ。妾、その中にぺたんと坐って、急に落込んでゆくような気がしたの。……いまでもなぜか解らないけれど、なにか、やりかけて来た仕事を途中で棄ててきたような、堪まらなくうつろな淋しさが、水のように私を押し包んできたわ。やっぱり虫の報《しら》せだったのかしら、ああ、妾は長くここにいられない、そんな気がしたわ。
　暫らく間。
逸子　（考えこんでいるが）姉さんの気持、よく妾には解んないわ。……一体、姉さんは兄さんからこのお手紙頂いて、どんな気がするの。東京へ帰れって言われて。

幸子　さあ、そう訊《き》かれても、妾にも解んないわ。……なんて言ったらいいかしら。（考えて）そうね、来いって言われて、やっぱり、妾、吻としたんだわ。来いって言ってくれた方が、そう言われなかったよりよかったんじゃあないかしら。――そんな気持よ。
逸子　（衝《つ》かれたように）まあ、そお――。（また考えこむ）
幸子　（空虚に）狂っているのよ。どこか、妾たち。母さんの言う通り、どこか狂っているの。
逸子　……（なおも考え込んでいる）
幸子　逸ちゃん。
逸子　……
幸子　逸ちゃん、妾、帰るわ、明朝《あす》一番で。それまで母さんには内緒よ。あとで、母さんにはあんたからなんとか言訳しておいてよ。
逸子　（なおもじっと考え込んでいるが、静かに）一番って、七時の汽車ね、おそくも、五時には家を出ないといけないわ。（再びじっと考えているが、突然たれにともなく）狂っているのは姉さんたちではなくて、妾たちの方かもしれないわ。

再び警戒警報の半鐘の音、遠くから聞えてくる。二人思い思いにそれを聞いている。

――幕――

第三幕

人物

前幕と同じ。

前幕より四ヶ月経過、昭和二十年十月下旬、終戦後の最初の秋である。
場所は前幕と同じく中国山脈の尾根にある幸子、逸子の郷里。
舞台は裏庭に面した坂田家の離れ。下手と前面に廻り縁、正面は襖《ふすま》、その向うは廊下で母屋《おもや》に通ずる気持。舞台下手半分は裏庭の一部、飛石、燈籠《とうろう》等すべて大ぶりのもの。下手に土蔵の一部が見え、下手正面の土塀越しに、中国山脈の尾根一帯がはるかに見渡せる。十月とはいえ既に晩秋の気深く、暮方の澄んだ冷たい空がのぞかれる。

幕開くと舞台には人なし。母屋の方から賑やかな多勢の人声が聞えている。やがて奥より信三、登場。濡縁《ぬれえん》に立って戸外の夕景を眺めている。廊下にばたばた音させて、逸子、女中あき、登場、二人とも客膳用の椀と什器箱《じゅうき》を抱えている。

逸子　（信三をみて）あら、貴方《あなた》ここにいらっしったの。

信三　避難しているんだよ。ひと休みさせて貰っている。

逸子　お疲れになったでしょう。あれだけの人に殆《ほと》んどひとりでお相手なすったんですもの。三日というもの。……横におなりになったら、暫《しばら》く――。

信三　（戸外を眺めて）実に静かだなあ、秋ってこんなに静かなもんだったかなあ。どう、あの山の色は――。全く何年か振りで、秋の気持を思い出したよ。やっぱり田舎はいいな。

逸子、あき、座敷に坐り椀を一つずつ丁寧に布巾でふき、曇りをとり、箱にしまいはじめる。

逸子　今年の秋はまた特別静かなの。戦争に敗けたと思うせいかしら。なにか山も空も、こうじっと息をひそめているような気がするわ。村の人も今までにこんな、妙に淋しい秋はなかったって、そう言ってますわ。

信三　そうだろうよ。歴史はじまっての大変な秋だからね。浮浪者がごろごろしてる都会にいるより、却《かえ》って此処《ここ》にいる方が、国が亡んでゆく音が聞えるような気がする。

信三、部屋に這入《はい》り縁近く坐る。

信三　急に家の中がひっそりしたじゃあないか。もう、茶の間の方はあらかた引上げちゃったのかい。
逸子　ええ。お座敷の方は与三九叔父さんがおひとり。他にはお台所に、近所の女の人たちが、そうね、まだ六七人ほど居るかしら。今夜御詠歌《ごえいか》があって、それでお葬式は終りということになるの。
信三　御詠歌、今夜もかい。
逸子　ええ、でも今夜はもうほんの近所のおばあさんたち五六人だけ――、お台所はこれからそのお夜食の支度なの。支度といっても、手伝いさんたち、自分たちの分も造るんで、その方の支度が大変なの。
信三　さすがに、ここまで山へはいると、葬式といっても豪勢なもんだね。四日四晩ぶっつづけのお振舞じゃあないか。都会では想像もできないね。
逸子　それがどうしても簡単にゆかないの。妾《わたし》、こんな時世だからって、随分くどく言ったんだけど、結局だめなの。親戚中がきかないんだから――。家の格式、家の格式って、二言目《ふたこと》には家の格式なの。有難迷惑だわ。譲ちゃんでも帰還《かえ》っていると少しは違ったかもしれないけど。
信三　大体、葬式だというのに、朗らかすぎるよ。
逸子　そりゃあ、まあ、ね、なにしろ母さん亡くなってから四月たっているんですもの。普通のお葬式と違って、じめじめしたところがないのね。……それに大体、この土地ではお葬式も祝言《しゅうげん》もまるで区別がないの。結局は多勢集って、お酒飲んだり騒いだりしたいのね。それ以外に土地の人には、なんの楽しみもないんだから――。

台所の方から賑やかな話声が聞えてくる。

信三　（台所の方を目配せして）いいのかい、むこうは、行っていないで――。

逸子　かまわないの。却って家の者が顔を出していない方がうまくゆくわ。あの人たち勝手に御馳走こしらえ、勝手に自分たちで喰べて、その代りまたあと片附《かたづけ》も勝手にうまくやってくれるわ。

信三　（思い出して）姉さんそろそろ参っているかな。

逸子　どうして――。

信三　叔父さんのお相手しているんだよ。お酒の。……僕は途中で姉さんに押しつけて、座を外してきたんだ。同じ話を何十遍も聞かされるのは、全くやり切れんからね。

逸子　（口まねして）日本は戦争に敗けた。敗けたちゅうことは、つまりは神風が吹いたことなんじゃ。

信三　（同じく口まねして）みんな苦しめ、国民全部が、もっと、もっと苦しめ！

逸子、あき、笑う。

信三　ばかにしているよ。これ以上苦しんで堪まるか。譲次さんでもいてみろ、叔父さん殴られるぜ。

逸子　ほんとに、譲ちゃんもマカッサルで生きているやら、死んでいるやら。……姉さんいつもなら、あんな叔父さん、姉さん流にやっつけちゃうんでしょうけど、今度は何かにつけ、はいはい言ってるわ。きいているのか、いないのか——。

信三　姉さんも今度は大分疲れたと思うな。

逸子　ほんとね。後で疲れがでないといいけど——。此処に着いたその晩がお通夜でしょう。それから一昨日《おととい》と昨日《きのう》と、殆ど休みなし。……妾まだろくにお話もしてないの。

信三　それに親戚の連中の嫌味がたまらんよ。あれにはさすがの姉さんも参っていた！

逸子　ほんとに、そばで聞いていてもはらはらしたわ。新見《にいみ》の伯母さんときたら、多勢の前で、おふくろさんはあんたのせいに、あたら寿命を縮めなすったんじゃによってなあって、ずけずけ言うの。

信三　親戚や土地の人には、どうしても、母さんの亡くなったことが、姉さんの我儘《わがまま》のためだって考えがあるんだな。そこへもって来て、その姉さんがまた葬式の前日ぎりぎりにやってきたってことが、どうにも承知ができないんだな。あいにく兄さんは病気で来ないしさ。

逸子　そうなの。勿論《もちろん》それに違いないけど、もともと姉さんっていう人が、どこっていうことなく、妙に土地の人に気に入らないんだわ。姉さんのすることなすことが、みんなの癇《かん》に触るらしいの。……昔からそうだったわ。姉さんときたら女学校時代だって、夏休みで帰ると、村の青年を集めて、自分が大将になって芝居の稽古をやってみたり、馬に乗ったり、青年集会所でハアモニカ吹いたり、土地の人が眉をひそめそうなことばかり、よりによってやったんだから――。それに兄さんとの事だってそうなの。村の人は、東京でえらい学問やっているとばかり思ってるのに、姉さんたら、ぴょこんと兄さんと一緒にやってきて、これ見よがしに二人で散歩したりしたんですもの。あれには土地の人もみんなびっくりしたらしいわ。母さんも随分困っていた！……それにまた新見の伯父さんたちが、後見役のつもりで伯父さん風を吹かせようとすると、姉さん一向相手にしないでしょう。だから、みんな恨み骨髄に徹しているのよ。ともなく、みんな姉さんが嫌いなんだわ。

信三　積年の恨みを今度いっきょに晴らされたというわけか。姉さんらしいな。……併《しか》し、それはそれとして、母さんの亡くなったことには、姉さんもやっぱり多少の責任はあるさ。

逸子　でも、寿命だわ。あれだけの母さんの寿命だったと思うの。姉さんのことをひどく心配したには違いないけど、もともと、中風が持病だったんですから――。姉さんのことでびっくりしなくても、やっぱり母さん、長くは生きられなかったと思うの。

信三　寿命といえばそれまでさ。併しあの場合、一旦疎開してきた姉さんが、また東京くんだりへのこのこ帰ってゆくって法はないよ。僕に言わせれば、やはり少し非常識だな。常軌をいっしているよ。やりかたがね。母さんだって驚くさ。

逸子　そりゃあ、姉さんのやり方は、確かに普通でないの。だけど、妾、いちがいに姉さんを非難

する気にもなれないの。姉さんは姉さんで、やっぱりあの場合、一生懸命だったの、ああする
ことが――。
信三　解《わか》らないな、僕には――。幸いに何事もなかったからいいようなものの、と言っても、姉さ
ん東京へ行ったばかりに、二度も罹災しているんだろう。そんなこと決まりきったことじゃな
いか、初めから――。（思い出して）それはそうと、姉さんに少し替ってやろうかな。さぞ参っ
ているだろう、あの叔父さんには――。
逸子　そうね、では、そうして上げて下さい。
信三　どれ、行ってやろう。
　信三立上って奥へ去る。
あき、椀をしまった什器箱を持って、庭から土蔵の方へ去る。逸子、残っている椀に布巾《ふきん》をあ
てはじめる。
暫らく間。電気ともる。次第に夕闇濃し。幸子、奥より登場。
幸子　ああ疲れた！（ぺたんと坐る）
逸子　御苦労さま。
幸子　ああ、ともかく、早く静かになって貰いたいわ。……でも、やっとこれで、明日《あす》からは落着
いて、母さんにお勤行《つとめ》できるわね。……母さんの亡くなった時の様子だって、妾、まだ、詳し

くはきいてないわ。
逸子　ほんとね。大体御挨拶だって、まだろくに――、何かしらないけど、ひどく忙しかった。……汽車大変だったんですってね。なにしろ信三でさえ、命がけで乗って来たんですって――。でも、間に合ってよかった。
幸子　間に合わないと、それこそ一騒動持ち上ったところね。覚悟はしてきたものの、風当りの強いこと。まるで妾が母さんを殺したみたい――。
逸子　そんなことないけど、田舎の人って、ものの考え方が単純で、無遠慮なの。
幸子　とにかく間に合ってよかったわ。この上、お葬式に間に合わなかったら、それこそ、新見の伯父さんから切腹申し渡されているわ。（笑う）。妾だって、母さんのお葬式ですもの、何もぎりぎりに来たくはないの。東京を立つ時はちゃんと三日の余裕みておいたんだけど、汽車があんなにひどいとは思わなかったの。大阪までの汽車に乗ったのが不可《いけ》なかったのね。大阪で降りたら、さあ、もう、今度は二度と乗り込めないの。なにしろ復員の兵隊さんたちが、丁度大国主命《おおくにぬしのみこと》みたいな恰好《かっこう》で大きな荷物しょって、行くさきざき、どの駅にも洪水のように溢れているわ。それを押し分けて汽車の中へ紛れこむのは容易なことじゃあなかった。駅のホームで夜明かししたのは初めてだわ。……それから岡山で伯備線《はくびせん》に乗り換える時、また同じことを繰返したの。いま、うっかり、女など旅行できないわ。

逸子　妾、姉さんを見た時、こりゃあ不可ないと思ったわ。ぐたぐたなんですもの。でもよくやれたわ。着いた晩直《す》ぐお通夜して、それから今日まで動きづめで――。

幸子　でも昨夜は死んだように眠った。それで今日はよほど頭が軽くなってるの。……田舎の人って無神経っていうのか、なんていうのか、人の疲れていることなどお構いなしに、方々でチクリチクリと嫌味を言うんだから――、随分つつかれたわ。金魚にたかられた麩《ふ》みたい、満身創痍《まんしんそうい》よ。（笑う）。まさか、こんな時、口答えもできないから、一世一代、つつましく神妙にしていたつもりなの。……実のところ、妾だって母さんには重々申訳ないと思っているわ。でも、あの場合、妾としたら、やっぱり、ああするよりほかは仕方なかった。……考えりゃあ、母さんの死ぬまで、妾、わがままのしづめだった。

逸子　いい母さんだったわ。……姉さん起きぬけで発《た》ったでしょう、あの日――、妾ね、あれから朝ごはんの時、つとめて軽く、姉さんやっぱり東京へ行ったわってきり出してみたの。すると、母さん、お箸を静かにおいて、あの子のことじゃもん、どうせ行くこっちゃと思ってた、こうお言いになったの。だけど、お顔をみると、急に血の気が引いて、真蒼《まつさお》になっているんでしょう、愕《おどろ》いたわ。そして直ぐお床をとって寝かしたの。その時が丁度八時だったわ。そしてお話すると却って興奮なさると思ったので、わざと一人にして、妾、背戸で庭のお掃除はじめたの。すると、そうね、半時間もした頃、あきが来て奥さんがお招《よ》びだっていうので、行ってみると、母さんその時はもう先刻とは違って、顔色も元気になって、お床の上に坐って、今夜から忘れずに、お燈明の灯を幸子の分にもう一つ増《ふ》やしておくれって言うのよ。

幸子　（眼をぬぐう）

逸子　そして姉さんのお弁当のことを気にしてなさるの。幸子はお弁当を何食分持って行ったかって。

幸子　……

逸子　ああ、そう、それからその時、お水ほしいって仰言《おつしや》るので、お水上げたわ。そうしてまた妾背戸へ出たんだけど、五分も経たないうちに、妙に胸さわぎがするので行ってみたら、母さんもう駄目なの。笑っているような表情で、血色もまだ先刻のようにいいんだけど――。平生どうせ自分は脳溢血《のういつけつ》で死ぬんだろうが、なんの苦しみもなく、ぴょこんと自分でも知らないうちに死にたいって、口癖のように仰言ってたけど、全くその念願通り――。

幸子　考えてみると、母さん妾の身替りになって下すったんだわ。妾、東京で二回も焼出され、二回目の時は町内で沢山死人が出ているというのに、妾はかすり傷ひとつ負わないで助かっているの。母さんが守って下さったのね。……随分悪い子供だったわ。

逸子　（話題をかえて）母さんのお葬式がこんなに早くできようとは思わなかったわ。戦争がこんなに早く終るんだったら、母さんもう少し生かしておきたかった！　譲ちゃんだって案外早くラバウルから復員《かえ》ってくるかも知れないし――。
幸子　（素直に）ごめんなさい、妾が不可なかった。
逸子　そんな――、寿命だわ、母さんはあれだけの寿命だったのよ。
幸子　でも、あの時、妾、母さんとはなんとなくお暇乞《いとまご》いして行ったつもりなの。ただ母さんの方が亡くなって、妾の方が生きようとは思わなかった。妾、自分の方が死ぬとばかり思いこんでいたの。……でも、あの場合、妾にはああしか仕方なかった！
逸子　まあ、でも妾にはなんとなく姉さんの気持解っていたわ。あの時、妾、ふと姉さんの顔をみて、どきっとしたの、ああ、女の顔だわと思った。
幸子　（逸子の言葉を振り払うように）いや、いや、逸ちゃんたら、いやあね。
逸子　だって、そう感じたんだから――、正直に言うと、妾、姉さんが嫉《ねたま》しかった！　妾たちにないものを、姉さんたちは持っていると思ったわ。
信三奥より登場、部屋に入ってくるが、ふと立ちどまって、物かげより二人の会話をきいている。
逸子　妾、正直にいうと、あの時はじめて、妾たち夫婦の持っていないものに気付いたの。あの爆撃の最中、妾は信三と平気で別れていられたの。子供のためだとか、仕事のためだとか、理由はなんとでもつくけれど、ともかく別れて住んでいられたの。いつどんな運命が二人を見舞うか解らないあの最中に、信三も妾も、別々にその運命を待ち受けていられたの。妾、信三のことは勿論朝に晩に心配していたけれど、生きるも死ぬも、信三といっしょの運命を持とうとは考えていなかった。これは信三だって、同じことだったと思うわ。妾は妾で、信三に若《も》しものことがあっても自分一人で生きれたし、信三は信三で、妾たち残して自分ひとりで死んでゆけたんだわ。それがふしぎでもなんでもない、当りまえのことだと思っていたの。……妾たち許《ばか》りではない、世の中の大部分の人がみんなそうだったの。……だけど、姉さんたちは違ってた！　どうしても別れて住んではいられなかった。生きるにしても、死ぬにしても、いっしょでなければならなかった。そんな気持がなにか焔《ほのお》のように生きて燃えていた。……姉さんたちが本当なの！　男と女の愛情って、当然そうしたもんだと思うの。
幸子　（考えて）愛情、愛情っていえるかしら。……愛情なんて、そんな――、（突然強く）逸ちゃん、違う、違うのよ。妾たちそんな結構な御夫婦じゃない！……死ぬつもりで東京へ行ったと言ったけど、誤解しないで頂戴！　なんて言ったら解るかしら、そうね、爆撃の中に飛込んで、わけのわからぬ自分の気持をたしかめてみたかったの。自分の持っているものは愛情だろうか、何だろうかって。どうぞ愛情でありますように！　そのためには死んでも構わないと思ったの。
逸子　（受つけず）妾、姉さんが東京へいらっしゃってから、今日まで随分考えてきたわ。考えてみれば、妾たち、妾は妾で、信三は信三で、これまで随分真面目に、随分一生懸命に、二人の間の愛情というものを逃すまいと闘ってきたわ。妾って人間は、普通の人とちがってこんな躰《からだ》をしているせいか、もともと愛情というものを、はっきり自分の手の中に摑《つか》んでいないと承知ができない性分なの。信三もまたあんな性格だから、こうした問題には妾がすまないと思う程、あの人はあの人で一生懸命だったの。苦しみもし悩みもしたの。考えてみれば、妾も信三も、何年も何年も、そんな問題ばかりを見詰めて生きてきたわ。そうした挙句の果、二人はやっとのことで、二人の間にあるものが、紛れもない愛情であるってことを信じられるようになったの。そんなにまでして、妾たちが愛情だ、愛情だと思って握りしめたものは、……気がついたら違ったものだった。

幸子　（遮《さえぎ》ろうとする）逸ちゃん！

逸子　（構わず）世の中の大部分の御夫婦が妾たちと同じなの。ただ妾がそれに気がつき、他の人たちがそれに気がつかないでいるだけの違いだわ。愛情でもなんでもない愛情のお化けを抱いて、みんな平和に、たいした問題もなく、その日その日を送っているんだわ。……妾つくづく思うの。男と女の愛情というものは、いつか知らない間に消えてゆくものなの。そして愛情の脱殻《ぬけがら》みたいなものだけが二人の間に残される。……大部分の人が知らないで、大部分の人が気付かないで、その脱殻を愛情の実体だと思いこんでいるわ。しかもそれでみんな、けっこう倖《しあわ》せに、けっこう楽しく、一生を送っているの。そんな人が、なんてこの世には多いだろう。もう二人の間には愛情はないの。あるものは習慣と惰性だけ。……だけど、姉さんたちは違っていた、妾たちにないものをちゃあんと持っていた。

幸子　逸ちゃん、（空虚に笑う）ばかね、あんた！　違う、違う、大違いだわ。妾、何年ももう疲れているの。妾が望んだように、爆撃でひと思いに死んじまえれば、それが一番よかったの。だけど、幸か不幸か死なないでしまった。……戦争が終った時、ほんとに、妾、考えたわ。自分のしたことが、なにか無性にあさましく、いやらしく、我慢できない気持だった。日本の国だって亡《ほろ》んだんじゃないの、妾たちのちいっぽけな家庭が亡んだって、別になんの不思議もありはしない、別れるのがいい、耿作と別れるのが一番いいと思ったわ。八月から九月にかけて、妾、ほんとに今日別れようか、明日別れようかって、毎日思い暮していたわ。

逸子　まあ、姉さん。

幸子　だけど、逸ちゃん、（泣く）……やっぱりそれが出来ないの。妾、ばかなの、業《ごう》が深いとでも言うのかしら。最近、耿作に女ができたんじゃあないかと思ったら、また妾の気持、別れられなくなっちゃった。……今月の初め気がついたんだけど、またあの人、昔の女と縒《より》を戻したんじゃないかと思えるふしがあるの。もしそうだったら、意地にでも、別れられないと思ったわ。誰がなんと言っても、別れてなんかやるもんかと——、（空虚に哄笑《こうしょう》する）母さんのお葬式にあんなにぎりぎりにしか来れなくなったのも、実をいえば、この問題でごった返していたの。

……愛情なんて、そんな気のきいたもんじゃありはしない。逃げたいの。ただもう無性にこんな底なしの沼みたいなものから逃げ出してしまいたいだけ。それでいて、どうしても逃げられない。

逸子　（冷たく）姉さんたち、結局、倖せすぎるんだわ。

幸子　なに言うの。

逸子　いいえ、姉さんたち、やっぱり幸福すぎるんだわ。姉さんも兄さんも、愛情の焔が消えないように、絶えず団扇《うちわ》で風をおこしているの。

あき、庭伝いに登場。

あき　お勝手で、奥さんを探していますよ。

逸子　妾を？　御詠歌はじまるのかしら。（幸子に）行ってみますわ、妾。

あき、戸口から去る。逸子も奥へ消える。幸子、暫らくぼんやりしているが、庭下駄をはいて裏木戸の方へ行こうとする。信三、部屋の隅から姿を現わす。

信三　姉さん！

幸子　（振りむく）

信三　冷《ひ》えますよ、戸外《そと》は――。

幸子　ええ、でも、冷たい空気にあたりたいの。ちょっと、そこら歩いてきますわ。

幸子、裏木戸の方に去る。
信三、力なく濡れ縁に腰かけ、じっと考えこむ。が、やがて仰向《あおむ》けにごろりと寝ころぶ。
母屋より御咏歌を唱和する声が聞えてくる。
戸外はとっぷりと暮れている。
やがて、奥より逸子、前のように客膳用の椀を抱えて登場。

逸子　（信三をみて）あら、あなた！

信三　……

逸子　（信三をのぞきこんで）お風邪《かぜ》ひくわ。こんなところで——。お眠りになったの。

逸子、一旦奥へ去り毛布をもって再び登場、信三へかけてやる。
逸子、部屋の中央に坐り、先刻からしかけているお椀の艶拭《つやぶ》きにかかる。
やがて幸子、裏木戸より登場、手に青い花を持っている。

幸子　物凄い霧だわ。

逸子　戸外《そと》にいらっしったの、毒よ、夜霧は——。

幸子　峠まで行こうかと思ったけど、そこまで行ったら、霧が流れてきたので、大急ぎで帰ってきたわ。相変らずここの霧は凄いわね。まるで大きな川が流れてくるみたい。妾、ぐんぐん歩いてきたけれど、門口のところで追いつかれたわ。……まるで霧と競争なの。

逸子　（幸子の手の花をみて）きれいね、その花——。
幸子　なんの花か知らないの。峠に行く道の両側に沢山咲いているでしょう。あの青い花なの。……この前来た時咲いていたので、夏の花かと思ったら、十月の終りというのに今でも咲いているの。悲しいのか、嬉《う》れしいのか、戦争中も、戦争が終っても、ちっとも変りはしない。風もないのにこまかく揺れて、まるで揺れるほか芸がないみたい——。
逸子　折角、とったんだから、あの、母さんがお好きだった古九谷《こくたに》の花瓶に挿したら。
幸子　そうね。あの花瓶ならうつるかもしれない。大体、青い花にろくな花はないって言うけど、ほんとだわ。だけど、見ていると妙に哀れな花だわ。
　幸子、庭づたいに奥へ去る。
　信三、突然起き上って坐る。
信三　逸子！
逸子　あら、お起きになったの。
信三　（それに答えず）なるほど、君の言っていた通り、姉さんたちのものが本当の愛情かも知れないな。
逸子　（ぎょっとする）
信三　（まるで自分に話しているように）確かに、愛情ってものは、……あの爆撃の最中、別れていられなかった姉さんたちの、ああしたものかも知れない。

逸子　（途方にくれた形で）まあ、貴方！

信三　（憑かれたように）僕の持っていたものは、妻子を生かすのにあんなに夢中にさせたものは――、そうだ、本能、生きとし生けるものの持つ単なる本能にすぎなかったかも知れない。本能、種族維持のあの本能、……本能だったかも知れない。……雌《めす》と子供を山の中に匿《かく》してきた生きもののあのきょとんとした眼、……あの暗い、紫色の、ふしぎな淋しさを湛《たた》えた眼、……僕もあんな眼をしていたかもしれない。

逸子　（信三のところへかけより躰をゆすぶる）あなた、あなた！

信三　（憑かれた如く続ける）だが、いまの姉さんを見たか。青い花を持って、霧に追いかけられてきた姉さんを見たか。姉さんの愛情が本当のものだとしたら、その姉さんはどうして、あんなに淋しく、あんなにうつろに見えるんだ。……（突然ふらふらと立上る）自分の生命《いのち》まで賭けなけりゃあならなかった、そんなものが愛情だとしたら、……一体、愛情って、愛情ってなんだろう。

信三、庭下駄はいて庭へ出る。

逸子　（縁先まで追って）あなた、どうなすったの。およしなさいよ、こんな晩、風邪をひくわ。（心配げに呆然と立ちつくす）

幸子、青い花を挿した花瓶をもって、奥より登場。

幸子　（縁近く立って、思わず戸外を見詰める）まあ、深い霧！

信三　（霧の中から声）なるほど、今夜は深い霧だな。なんにも見えはしない。なんにも見えはしない。

幸子　（逸子に）こんな霧、ここでも珍らしいんでしょう。妾、小さい時、一度、やはり今夜のように深い霧の晩の記憶があるけれど。

逸子　（独り言のように）ほんとに、何もかも見えなくなってしまった。……なにもかも。……ひどい霧だわ。

幸子逸子、いつまでも霧に見入っている。

――幕――

翻刻・校訂にあたって

各作品の特記事項

・原稿に筆名が記されていた作品（「昇給綺談」「就職圏外」「復讐」「白薔薇は語る」「文永日本」）は、該当の筆名を作品扉に記載した。
・登場人物の発言を示す『　』は、原則として「　」に変更した。
・「　」内の最後の句点の有無は、原文では不統一であるが、その多寡に基づいて作品ごとに統一をはかった。「昇給綺談」「就職圏外」「白薔薇は語る」「文永日本」は打ち、「復讐」「黒い流れ」は略している。

「昇給綺談」
・世田谷文学館『井上靖展』図録（平成十二年）掲載の、菊地香（世田谷文学館学芸員）による翻刻を底本としている。ただし、振り仮名は本書の方針に合わせ、適宜加除した。

「就職圏外」
38頁12行目

原文：と南原君は楽観主義者で
訂正：と南原君は楽観主義者だ。
※文末を「で」とすると、次の発言が「南原君」のものと誤解されるため。

52頁14行目
原文：一寸、しゃべろくな丈さ。
※「しゃべろく」は静岡の方言のため、そのままとした。

53頁12行目
原文：母が折かちなもんですから。
訂正：母が折《せつ》かちなもんですから。
※読みやすさを優先して、振り仮名を振り、傍点を削除。

54頁7行目
原文：さい既に投じられたりだ。
訂正：賽《さい》既に投じられたりだ。
※「さい」がひらがなだと、文意がとりにくいため。

「復讐」

69頁3～4行目
原文：それは、死刑の宣告を受けた囚人でも、その時の僕程みじめではないにちがいないよ。
訂正：傍線部削除
※挿入・削除の錯綜した箇所で、「それは、」は消し忘れと判断。

71頁15行目
原文：そして、その傾のに宙に吊された人形の胴体に水色の婦人用のドレスと、女の子供服が、、
訂正：そして、その傍に宙に吊された人形の胴体に水色の婦人用のドレスと、女の子供服が、
※書き間違いと判断し、文意が通りやすいように訂正。

72頁5～6行目
原文：そして、そのバックには、リボンで「初春の贈り物」とかかれた大きな装飾字体が五字並んでいる。
訂正：そして、そのバックには、リボンで「初春の贈り物」とかかれた大きな装飾字体が六字並んでいる。
※原文では「春の贈り物」の冒頭に、あとから「初」が挿入されており、当初「五字」だったものがそのまま訂正されず残ったと判断し、「六字」とした。

76頁12～13行目
原文：妻と子供の、足と胴体位、飾窓にかざる位いは朝飯前の仕事だよ。
訂正：妻と子供の、足と胴体位、飾窓にかざるのは朝飯前の仕事だよ。

※文意を明瞭にするため。

77頁
原文：岡見は、倒れている高木の足許に、落ちている、ピストルを力なく拾いあげるとふらふらと、神心した男の様に歩き出した。
訂正：一文削除
※原稿用紙欄外に挿入箇所の指示なく書き残されていたが、本文中に同内容の一文があるので採用せず。

「黒い流れ」
・本作品は無題であるが、「黒い流れ」と題する二つの原稿（未完成稿及び完成稿）を改稿した作品であるため、「黒い流れ」と題した。また、無署名であるが、前段階の二つの原稿に「井上靖」の本名が使用されているため、作品扉には「井上靖」と記した。後掲の高木伸幸「解説」、曾根博義「未発表初期作品草稿解説」参照。
・本作品は、大きくわけて「新聞記事」「書簡」「地の文」よりなり、いずれも原稿では同じ書式である。掲載にあたっては読みやすさに配慮し、「新聞記事」は字下げ、「書簡」と「地の文」の間には「×　×　×」を加えた（109頁の「×　×　×」のみ、もともと原文にあり）。

82頁1行目
原文：極東新報社所属の二等飛行士原郁夫氏（二字不明）十八日夜八時、
訂正：極東新報社所属の二等飛行士原郁夫氏は、十八日夜八時、

※原稿用紙の破れのため、二文字分が不明だが、文脈から適宜補った。

82頁2〜3行目
原文：捜索中の所、本日（二十日）朝、七時、十九日午後三時、当市を去る東方、
訂正：傍線部削除
※原郁夫の遺体発見日時が二通り重複して記載されているが、107頁2〜3行目に、二十日の朝刊には遺体発見が報じられていないという記述があるので（「今朝の朝刊を恐る恐る開いてみました。そして、ほっと致しました。それらしい何の記事も見当りませんでした。」）、「本日（二十日）朝、七時」が妥当で、傍線部は消し忘れと判断した。

89頁7〜8行目
原文：どうしても、再び完全に美代子の心を取換さなければならない、傾いた美代子の愛を引換すには？
訂正：どうしても、再び完全に美代子の心を取返さなければならない、傾いた美代子の愛を引戻すには？
※「取換す」は一般的な「取返す」に、「引換す」は誤字と判断し「引戻す」に訂正。

92頁8行目
原文：美代子はさも可笑しそうに笑い乍ら、白バラ二輪、白いリボンで結んで下げていた。
訂正：美代子はさも可笑しそうに笑い乍ら、白バラ三輪、赤いリボンで結んで下げていた。
※「三輪」への変更は次項参照。リボンの色は全体の整合性を考慮して訂正。

原文：

92頁6行目／お花屋のお妹さんの所で、白いバラ二輪、買って来ましたわ。

92頁8行目／美代子はさも可笑しそうに笑い乍ら、白バラ二輪、白いリボンで結んで下げていた。

94頁7行目／こう云って、私は二輪の薔薇をポケットから出して、原郁夫の方へ黙って差し出した。

94頁16行目～95頁1行目／暗い大気の中に、白い二輪の薔薇は、秘密を携えたまま、落ちていった。
※全体の整合性を考慮して、すべて「三輪」に訂正。

原文：
96頁1～2行目／私は今朝、車中で原郁夫の墜死事件の記事と同じ紙面で、美代子の自殺を知らなければならないとは！
99頁12～13行目／私は、それを今朝の新聞で知った時の、驚きは、どんなでしたでしょう。
※85頁4行目に「夕方五時に、列車を降りて、駅前の喫茶店で夕刊紙を開いたその瞬間から」、107頁5～6行目に「夕刊を開いた時、原さんの墜死を知りました。と一緒に、私の恐しい罪の結果が報道されてありました」と記されている。傍線部はこれらと明らかに矛盾するため、単純な誤りと判断し削除した。

103頁10～11行目
訂正：龍岡町の交叉点
※原文では傍線部が判読不明だが、83頁8行目に「龍岡町」とあるため。

104頁7～8行目
原文：私は、バラを持って行った。瑛子さんに帰えしてやろう
訂正：私は、バラを持って行きました。美代子さんに返してやろう。
※原稿用紙欄外に挿入箇所の指示なく書き残されていたメモ書きだが、物語上必要な内容と判断し、文体・用字を整えた上で、本文の適当と思われる箇所に挿入。

「白薔薇は語る」

113頁13行目
訂正：男は一寸寂しそうに笑い乍ら、
※原文では、この一文は打ち消し線で消されているが、文章の流れがおかしくなると判断して、削除せず残した。

127頁9～10行目
原文：女は急にコップを引たくる様に奪い取って、（四字不明）ぐっと一息にのみほした。
訂正：女は急にコップを引たくる様に奪い取って、ぐっと一息にのみほした。
※判読できない文字を削除。

「文永日本」

139頁1行目以降
原文：小貳資能

訂正：少弐資能

※「小」は「少」の誤表記、「貮」は「貳」（「弐」の旧字）の俗字。現行表記として「少弐」が適切と判断した。

158頁4行目

原文：註。少弐資能は弘安四年閏七月、再度、蒙古来寇の折、花々しい戦死を遂げた。

※原文にある注記なので、そのままとした。

「夜霧」

・本作品は、原稿の冒頭部一枚が欠落しており、タイトルは不明である。しかし、内容から、昭和二十三年七月頃に執筆したと自筆年譜にある、戯曲「夜霧」と推定されるため、本書では「夜霧」と題した。同様に筆名も不明であるが、作品扉には「井上靖」と記載した。後掲の高木伸幸「解説」、曾根博義「未発表初期作品草稿解説」参照。

・冒頭部一枚が欠落しているため、第一幕の冒頭に記載されるべき人物・場面設定が不明であるが、人物設定のみ内容から判断して補った。

173頁4行目

訂正：……いつか、研究室の方がお家へ集ってお酒召上ったことがあったでしょう。

※原文では、この一文は斜線により削除されているが、この部分がないと文意が通らないため、斜線の引き間違いと判断し、削除せず残した。

解説

小説「猟銃」への序章

高木伸幸

昭和文学を代表する作家の一人として数えられる井上靖は、「猟銃」（昭和二十四年十月『文学界』）、「闘牛」（昭和二十四年十二月『文学界』）による文壇デビュー以前、多くの懸賞小説に応募していた。京都帝国大学文学部哲学科へ入学直前の昭和七年一月、『新青年』が募集した「謎の女・続篇」へ応募し、初入選[*1]。以来、同帝国大学卒業直後の十一年七月、時代物「流転」で千葉亀雄賞を獲得す[*2]るまで、現在確認される限り、計六回の入選を果たしている。

しかし、この文学修業時代、二十五歳から二十九歳に至る期間に、井上靖が創作した小説はこれら入選作に限らなかった。新潮社版『井上靖全集』全二十八巻別巻一（平成七年四月～十二年四月）編集の過程で、文壇デビュー以前に著された未発表原稿が二十二篇、井上家より発掘された（現在は神奈川近代文学館に所蔵）。井上靖は他にも習作を書き、草稿を多数残していたのである。これらの原稿を人知れず積み重ねていたからこそ、六つの入選作が、そして後の昭和の文豪井上靖が誕生したと言っても決して過言ではあるまい。

本書は以上の未発表原稿から小説六篇を選び、さらにやはり未発表と思われる戯曲一篇を加えて活字化した作品集である。収録作品の詳しい書誌については、本書に再録した故曾根博義氏の「未発表初期作品草稿解説」を参照されたい。ここでは主に掲載作のモチーフや構成、そして資料的な価値について解説する。

初めにお断りしておくが、これらの作品は、いずれも未発表原稿、つまり草稿であって、完成度は必ずしも高くない。井上靖の数ある名作に比すれば、未熟な印象は否めない。そのような未発表原稿を公にすることは、作者にとって、むしろ不本意ではないかとも考えられる。編者として本書の刊行には、幾分躊躇するところもあった。しかし、収録した計七作品には、いずれも後年の作家井上靖の誕生を予感させる表現が幾つも認められる。完成度の如何に関わらず、井上靖文学への理解を深めてくれる小説、戯曲であるのは間違いない。本作品集の刊行に踏み切った所以である。

掲載順に、収録作を読み取っていきたい。

第Ⅰ部には「昇給綺談」「就職圏外」の二作を挙げた。筆名はともに澤木信乃。両作とも昭和九年頃の執筆と推測される。井上靖は昭和八年九月、『サンデー毎日』「大衆文芸」に短篇「三原山晴

澤木信乃「昇給綺談」　草稿
表紙には題名・筆名とともに、構成や分量のメモが記されている。

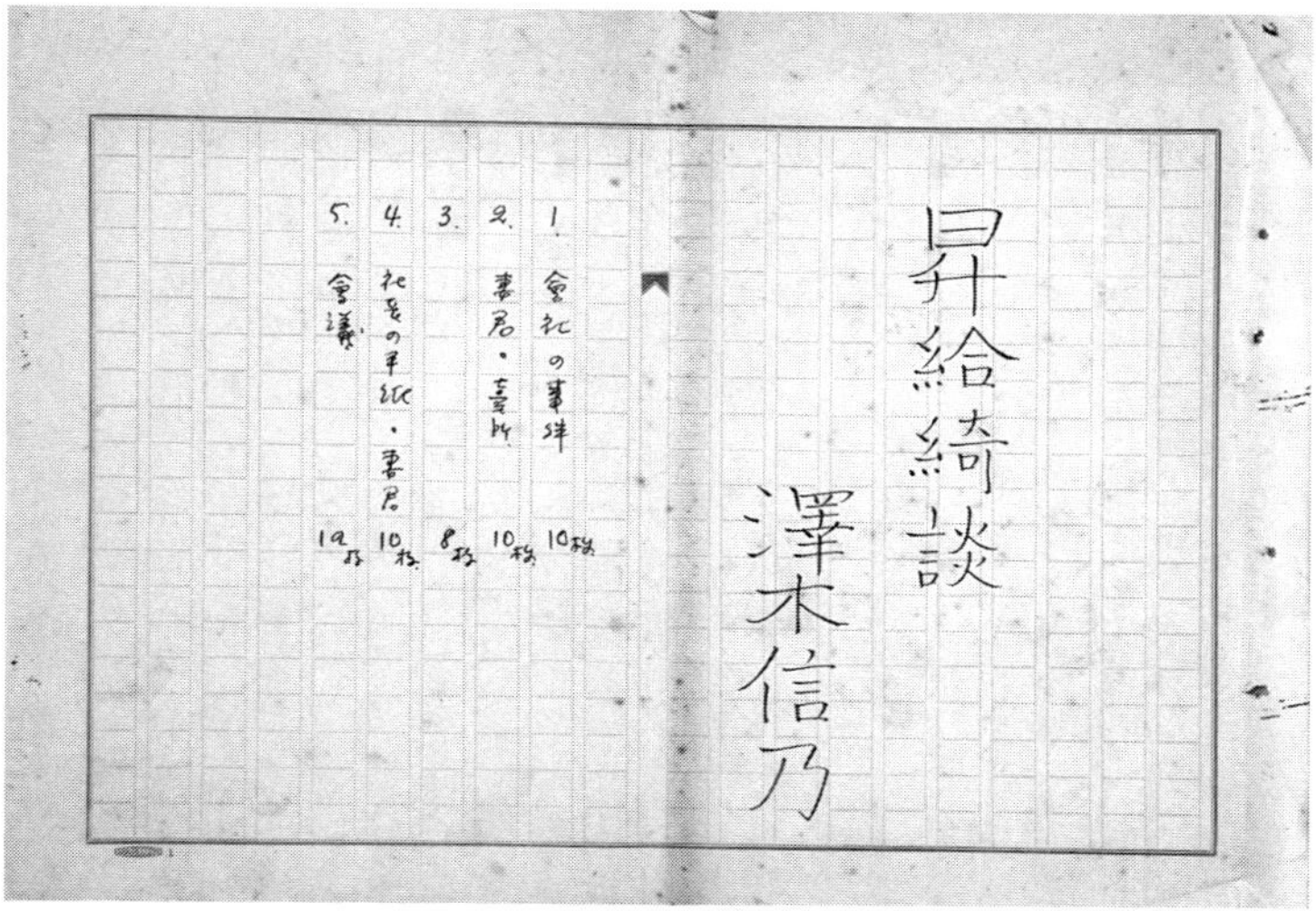

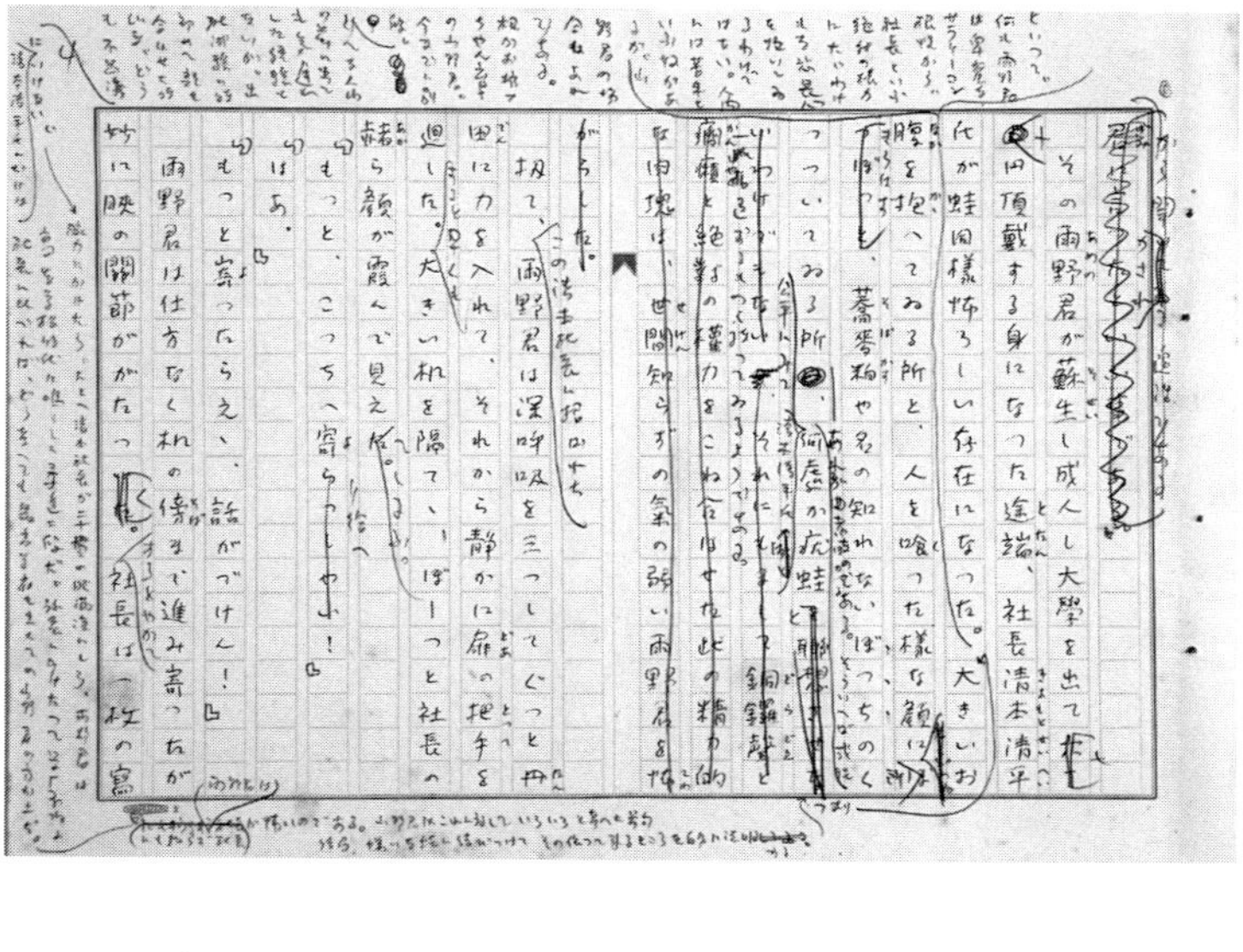

天」[*3]を応募し選外佳作に入り、九年三月には、同じく『サンデー毎日』「大衆文芸」に短篇「初恋物語」[*4]を送って入選している。「昇給綺談」及び「就職圏外」は、これら『サンデー毎日』「大衆文芸」当選作の作風を受け継ぐユーモア小説である。物語の結末が前者はやや強引で、後者は中途半端な感があるが、どちらも軽妙な会話が心地よく、読者を嫌みのない笑いへ誘ってくれる。

文壇デビュー以降の井上靖は、ユーモアに溢れた作風では決してなかった。特に歴史小説の分野では、代表作「天平の甍」(昭和三十二年三月〜八月『中央公論』)に見るごとく、生真面目で、どちらかと言えば、ユーモアは乏しい。しかし井上靖も文壇的地位を確立した六十代以降になると、肩の力が抜けたのであろうか、ユーモアを前面に押し出した小説を書いている。「夜の声」(昭和四十二年六月二日〜十一月二十七日『毎日新聞(夕刊)』)、「四角な船」(昭和四十五年九月十六日〜四十六年五月十六日『読売新聞』)等の新聞小説である。これらの小説では、ユーモラスな会話が軽快なテンポで繰り広げられている。「昇給綺談」「就職圏外」で培った井上靖のユーモアが、水面下では命脈を保ち、長い歳月を経て再び姿を現したと言えるだろう。井上靖がユーモアにも優れた才能の持主であったことを裏付けてくれる二つの短篇として楽しんで頂きたい。なお新潮社版『井上靖全集』第七巻には戯曲「就職圏外」(初出・昭和十一年三月『新劇団』)が掲載されている。本書収録の小説「就職圏外」の結末をよりユーモラスに改め、戯曲として書き替えたものと見做して差し支えない。

澤木信乃「就職圏外」　草稿

作中で説明される「就職曲線」が原稿に描かれている。

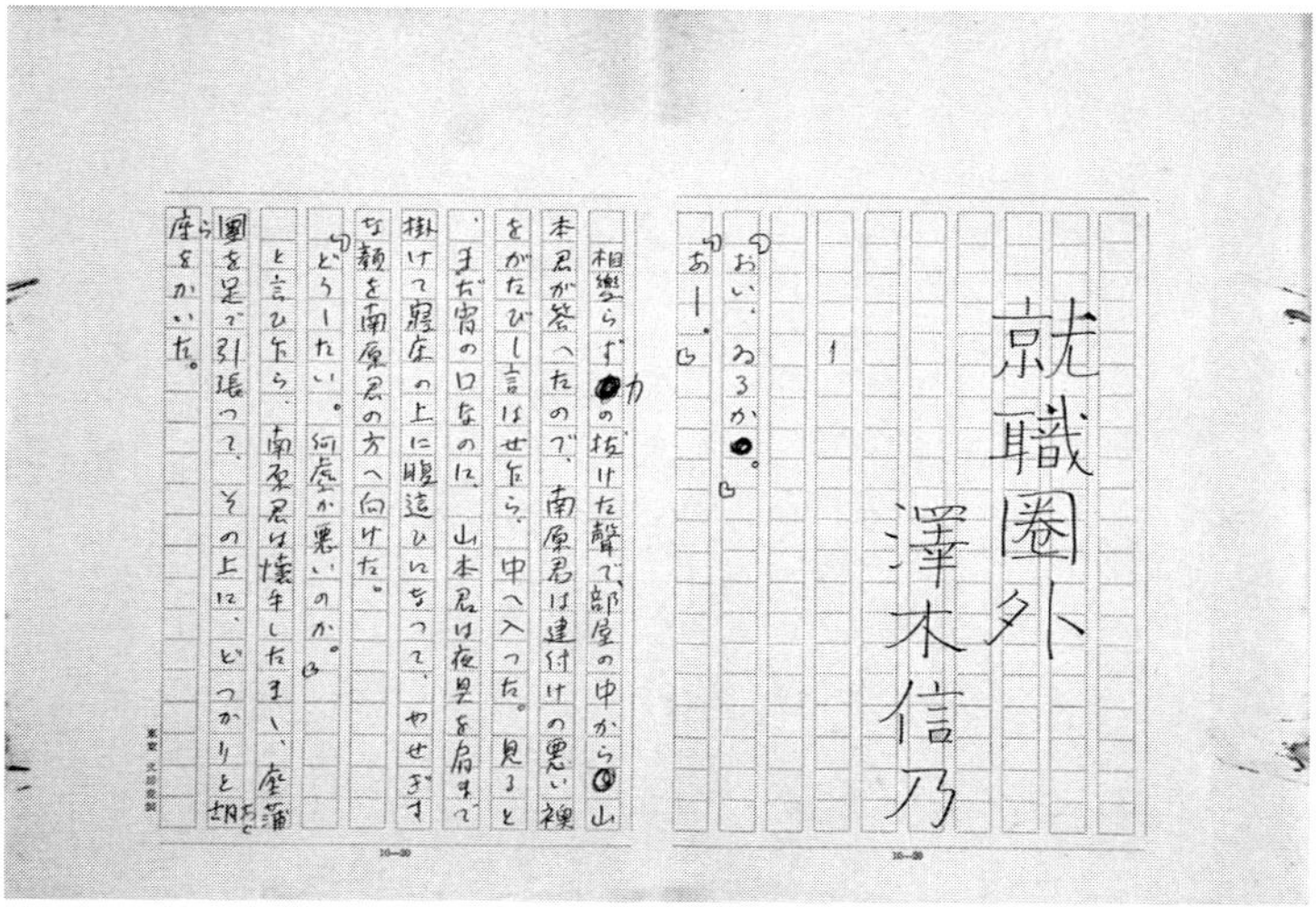

就職圏外

澤木信乃

1

「おい、ゐるか。」

「あー。」

相變らず力の抜けた聲で、部屋の中から山本君が答へたので、南原君は建付けの悪い襖をがたぴし言はせ乍ら、中へ入つた。見ると、まだ宵の口なのに、山本君は夜具を肩まで掛けて寝床の上に腹這ひになつて、やせぎすな顔を南原君の方へ向けた。

「どうしたい。何處か悪いのか。」

と言ひ乍ら、南原君は懐手したまゝ、座蒲團を足で引張つて、その上に、どつかりと胡座をかいた。

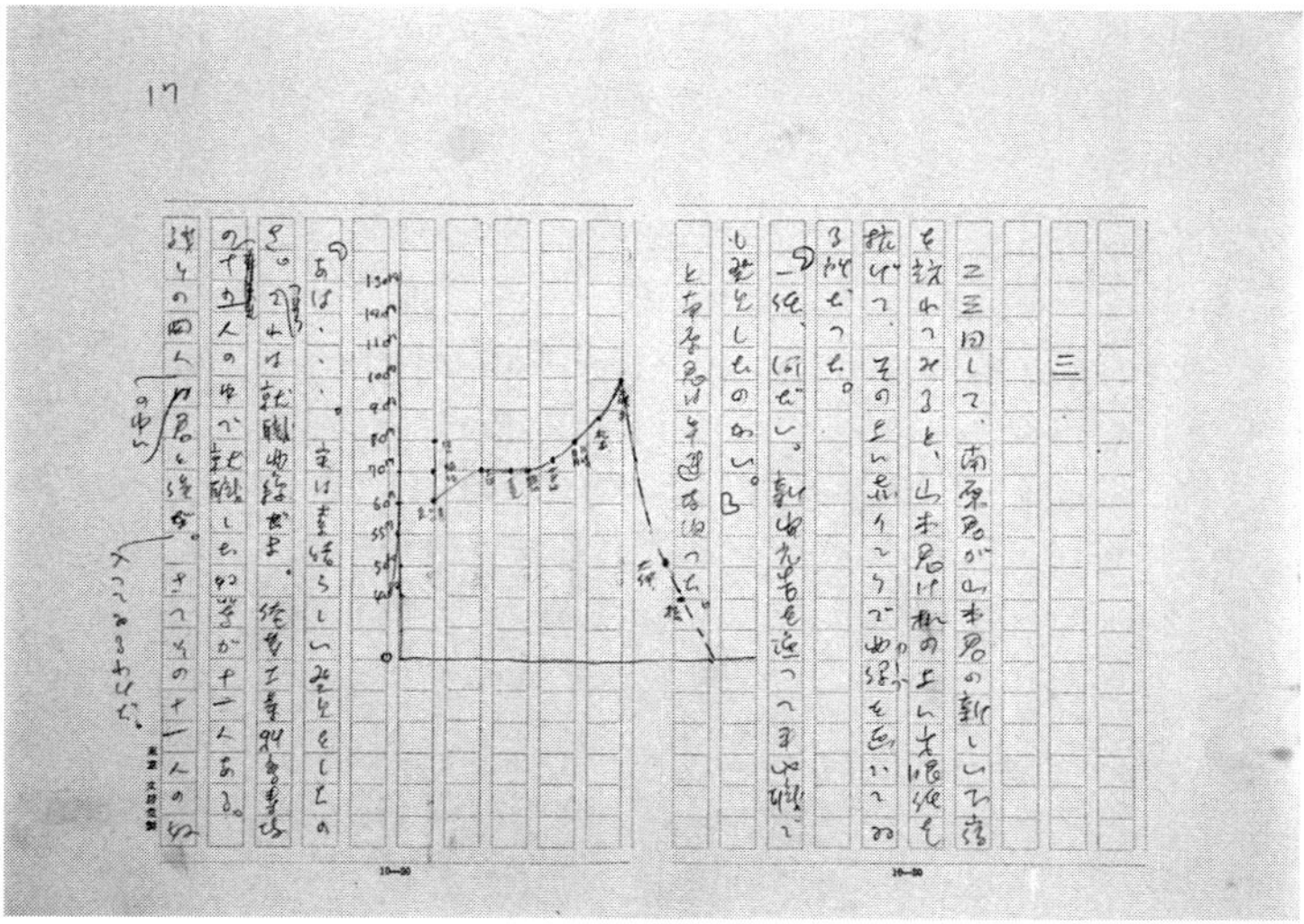

17

三

第Ⅱ部には「復讐」「黒い流れ」「白薔薇は語る」の三作を掲載した。「復讐」は京塚承三、「白薔薇は語る」は岩嵯京丸の筆名が用いられている。「黒い流れ」は無題、無署名の作品であるが、「黒い流れ」と題した井上靖名義による二つの原稿（未完成稿及び完成稿）の改作である。本書では「黒い流れ」と呼び、本文扉には本名井上靖を添えた。三作とも昭和七年から八年頃の執筆と推測される。

「復讐」は見世物小屋を舞台に生首を描くなど、怪奇趣味が表れている。井上靖は平凡社版『江戸川乱歩全集1』別冊付録『探偵趣味』に短篇「夜靄」を応募し入選、同誌の昭和七年四月号に掲載されている。両手のない人物が登場するこの「夜靄」と、物語の雰囲気において、「復讐」は通じ合っている。井上靖は当時、江戸川乱歩からも少なからぬ影響を受けていたのが見えてこよう。

「黒い流れ」「白薔薇は語る」は、井上靖の改作、推敲の過程が窺えて興味深い。井上靖は天性のストーリー・テラーと思われがちであるが、職業作家以前の段階では、これら二作に見るごとく、同じモチーフ、題材の下で原稿を幾度も書き直し、改作を重ねていたのである。その才能は持ち前の資質に加えて、作者の持続的な努力もあって初めて身につけられたものであった。井上靖は昭和十年十月、これも『サンデー毎日』「大衆文芸」に応募した探偵小説「紅荘の悪魔たち」[*5]によって入選している。怪しい雰囲気の中、複雑に入り組んだ物語展開を見せる同作は、「復讐」「黒い流れ」「白薔薇は語る」の三作における鍛錬が結実した一つの成果であったと言えよう。

京塚承三「復讐」　草稿
店頭装飾の人形の姿勢を確かめるためと思われるイラストメモが見える。

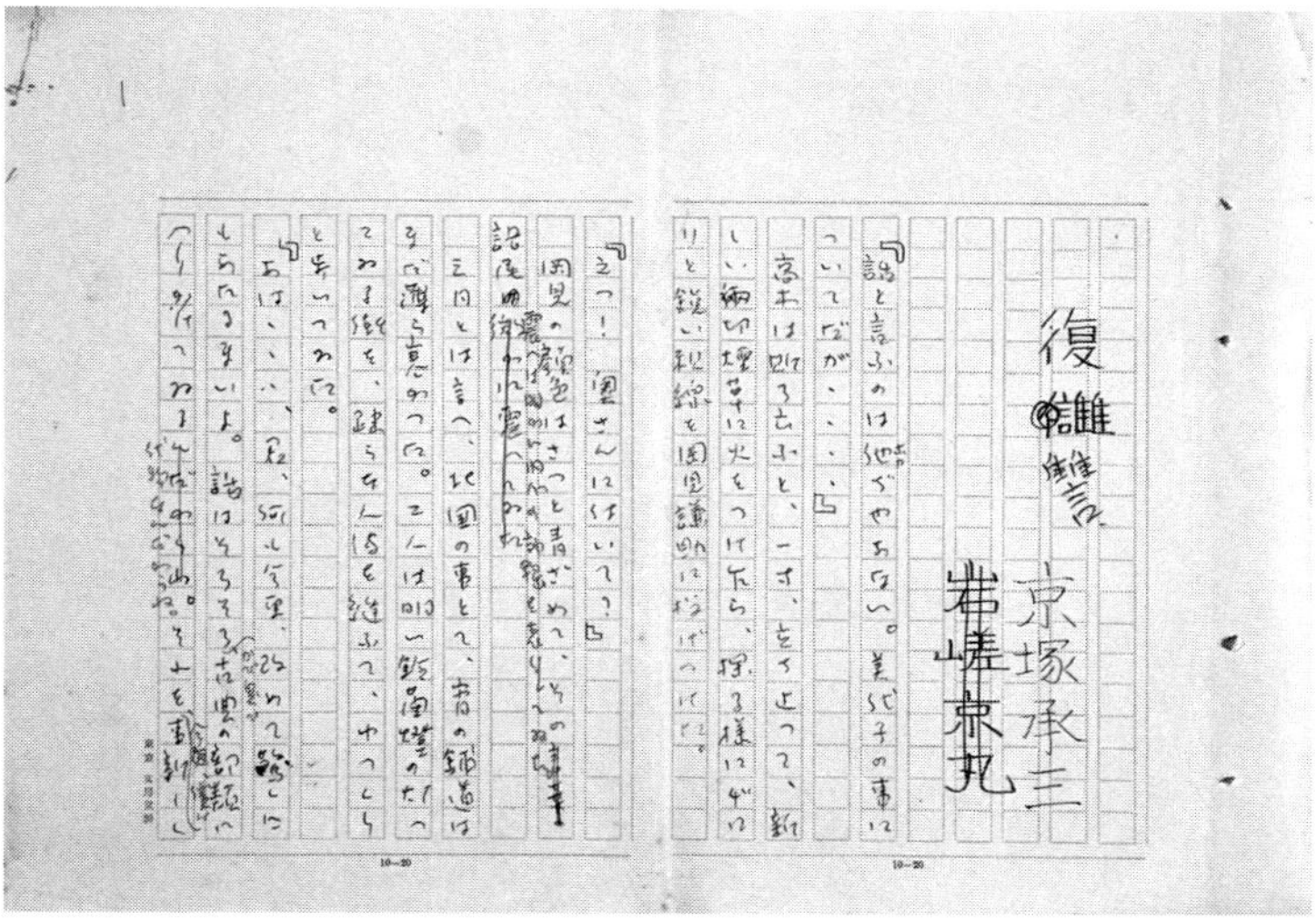

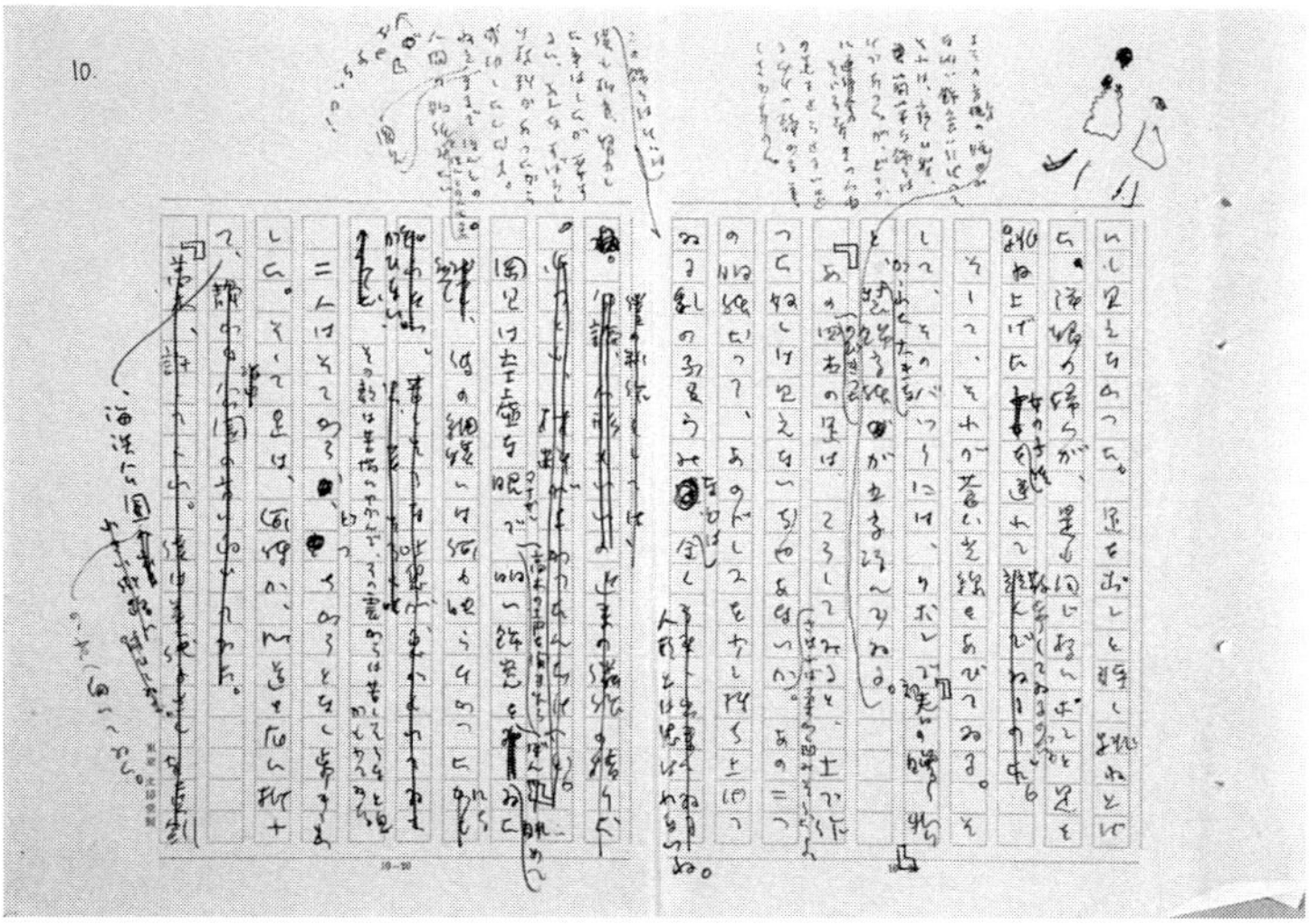

さらにⅡ部に挙げた三作は、いずれも不倫の愛の世界や複雑な恋愛関係を題材としていることに注意されたい。特に「黒い流れ」では書簡体によって、「白薔薇は語る」では二人の語り手を通して、その複雑な人物関係を描いている。その結果、作中に秘められた謎が次第に解き明かされていく小説として仕上げられている。井上靖としては、「紅荘の悪魔たち」でより一層精緻な謎解きを見せたごとく、江戸川乱歩風の「探偵小説」を志向したのであろう。だが、ここで想起させられるのは、作者の文壇デビュー作「猟銃」である。モチーフにおいても、物語構成においても、同作へ成長していく萌芽が、早くもこれら三作に現れているのである。三通の女性の書簡を組み合わせることで、不倫の愛の世界の内実が、次第に明らかにされていく「猟銃」の物語構成は、実は井上靖が探偵小説を手掛けたからこそ生み出されたのであった。「その五年の間、自分には爪の垢程の愛情も持っていない妻を、自分を愛していてくれるものだと許り信じ込んでいた」と語る「復讐」の主人公高木は、「みどりの蛇も、彩子の蛇も、彼はとうにその正体を知っていた」と記される「猟銃」の主人公三杉穣介の遠い原型とも言えよう。

これら三作は、不倫や複雑な恋愛を取り上げつつも、その中での心理それ自体を描くことに主眼はない。あくまで謎解きで読者を楽しませる表現に留まっている。不倫の愛の世界を描きながら、三杉を中心とする「孤独」の絵模様を浮かび上がらせていく「猟銃」の誕生には、ここから二十年近い歳月が必要だったのである。しかし、たとえそうではあっても、文壇デビュー作の一つの源泉

［無題］　草稿　（本書では、井上靖「黒い流れ」とした）
用紙上部に「4」とあるが、実際には1枚目。題名や筆名は記されない。

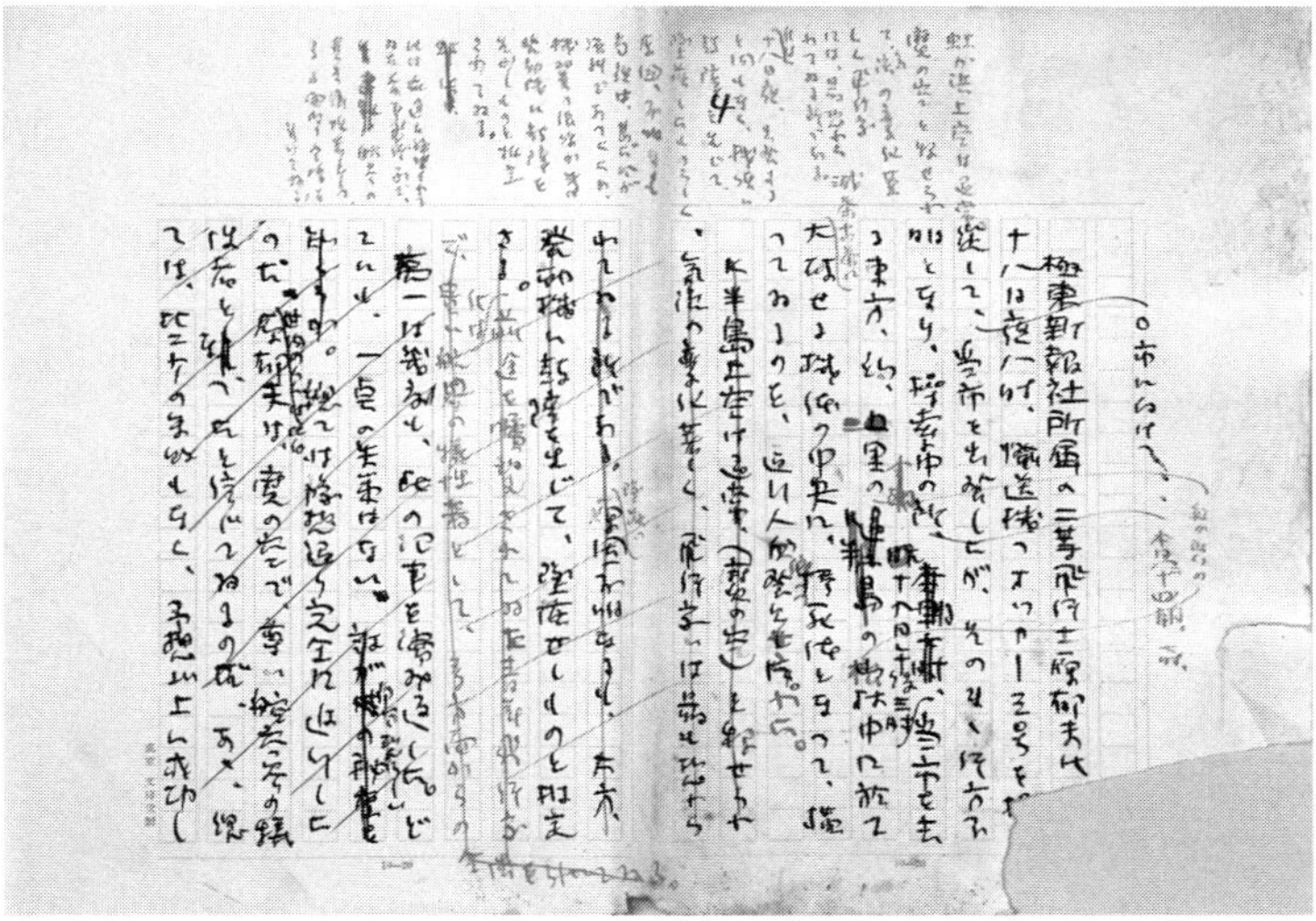

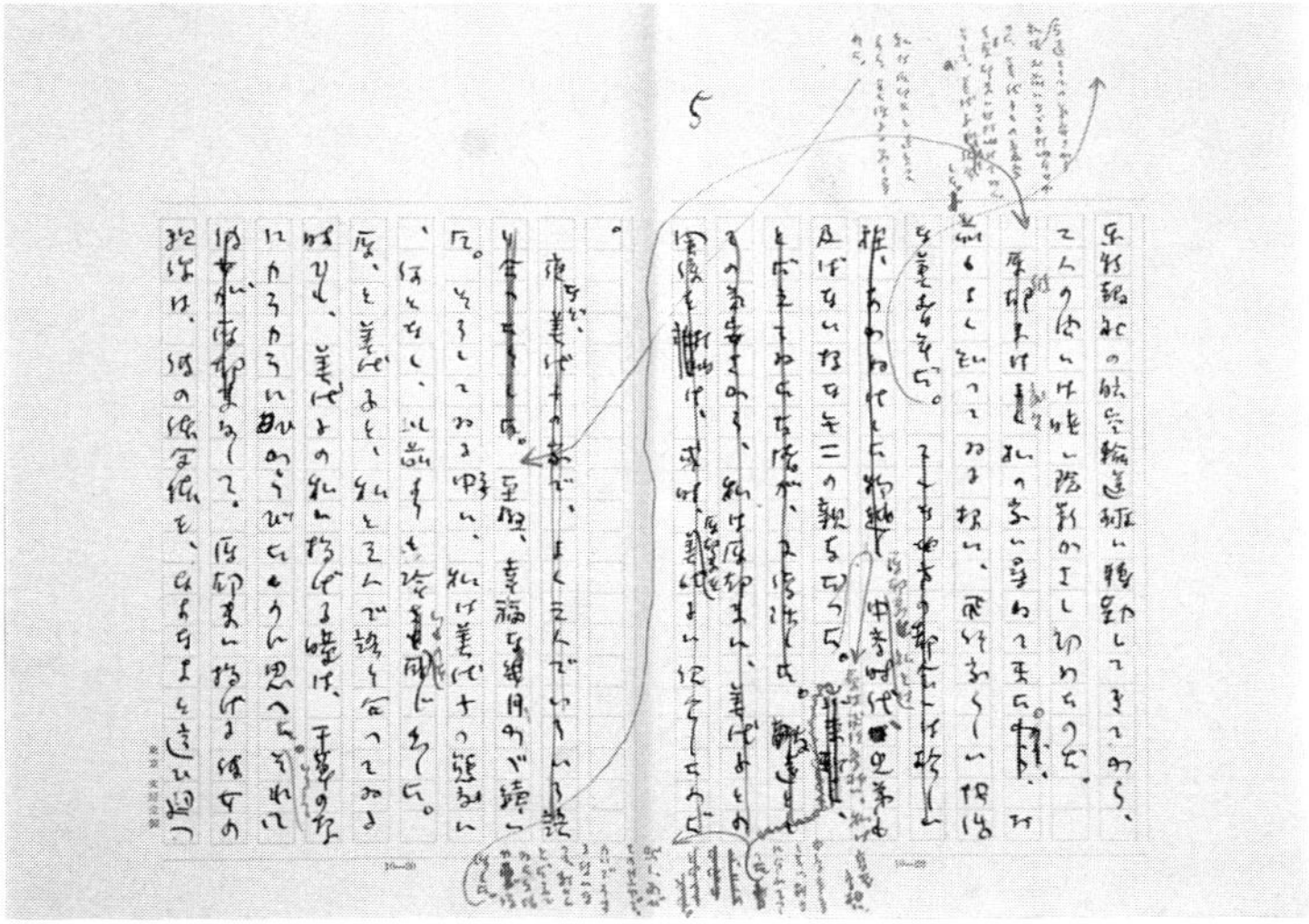

が、これら三作に認められることもまた確実と言える。

もう一点、「黒い流れ」と「白薔薇は語る」における舞台設定について記す。前者の主人公亮一は「H市」在住であり、恋人朝倉美代子の「屍体解剖」は「九州帝大医学部」で為されている。後者の「男」と「女」（瑛ちゃん）は、ともにこれまた「H市」で暮らした経験があり、特に「瑛ちゃん」は「H市」の「中州」の街頭で花売りをしていた。この両作における「H市」は、「博多」と通称される「福岡市」を明らかに想定している。

昭和五年三月に第四高等学校を卒業した井上靖は、九州帝国大学医学部を受験するも不合格。同年四月に同帝国大学法文学部英文科に入学した。そして「福岡市唐人町海岸通りの岡部朔太郎方」に下宿するが、登校の興味を失ってわずか三カ月で上京し、駒込に下宿した。九州帝大には同年十月十五日付で「家事之都合」を理由に退学届けが提出されている。*6 井上靖はそれから約一年半のいわば放浪生活を経て、七年四月に京都帝国大学へ入り直す。

これまで井上靖が九州福岡から受けた影響は希薄と考えられてきた。と言うよりも、福岡時代は井上靖の生涯の中で欠史の時代、語られない謎の期間であった。しかし「黒い流れ」「白薔薇は語る」の二作においては、福岡が主要舞台として選ばれていた。福岡在住から間もない頃の執筆であった所為でもあろうが、僅か三カ月を暮らしたに過ぎない福岡という土地も、井上靖の心の中にそれなりの思い出を刻んでいたと言えそうである。

岩嵯京丸「白薔薇は語る」　草稿
本文は他筆で、訂正の朱のみ自筆と思われる。

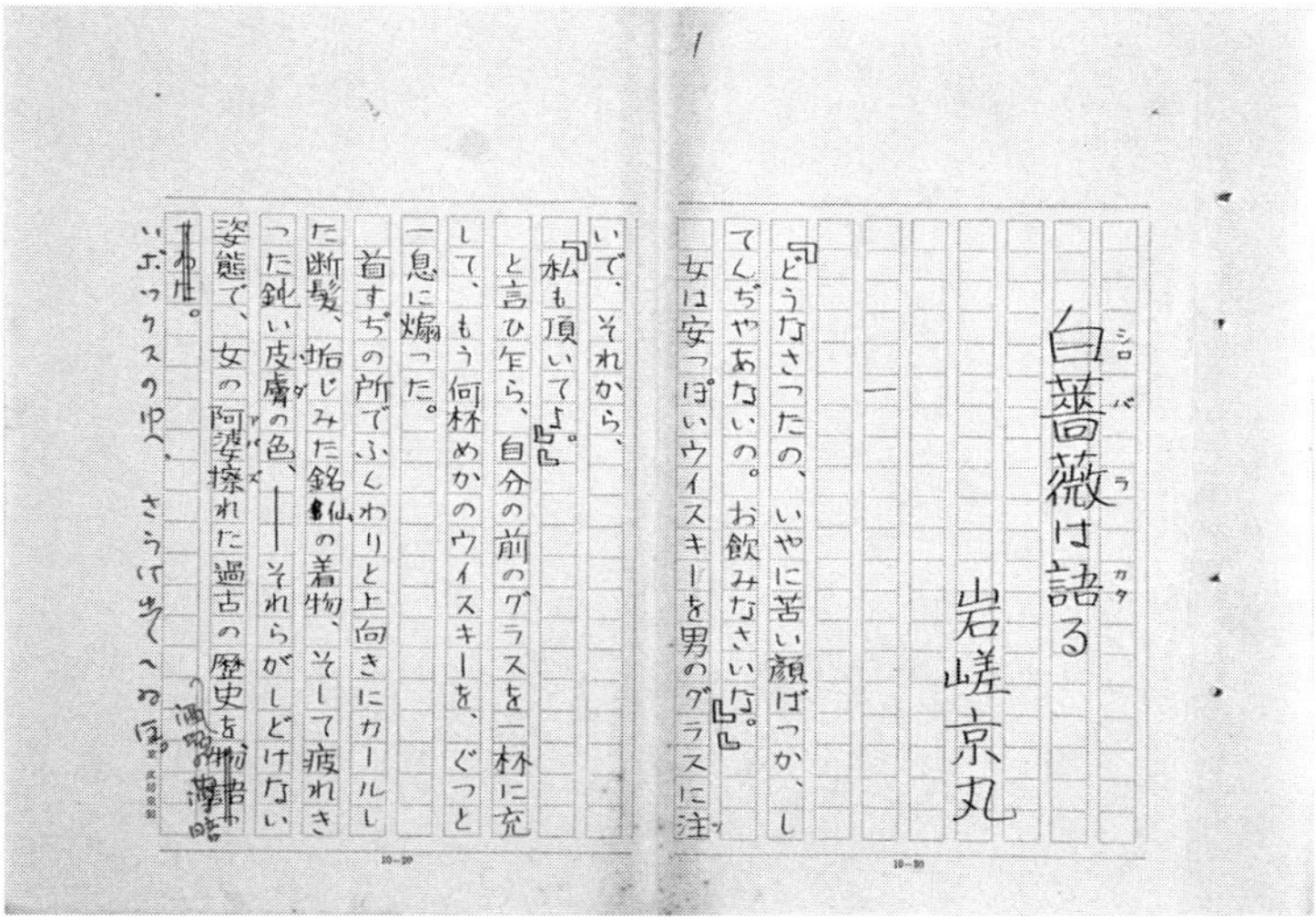
1

白薔薇《シロバラ》は語《カタ》る
岩嵯京丸

一

『どうなさつたの、いやに苦い顔ばつか、してんぢやあないの。お飲みなさいな』

女は安つぽいウイスキーを男のグラスに注いで、それから、

『私も頂いてよ』

と言ひ乍ら、自分の前のグラスを一杯に充して、もう何杯めかのウイスキーを、ぐつと一息に煽つた。

首すぢの所でふくわりと上向きにカールした断髪、垢じみた銘仙の着物、そして疲れきつた鈍い皮膚の色、――それらがしどけない姿態で、女の阿婆擦れた過去の歴史を物語つていた。

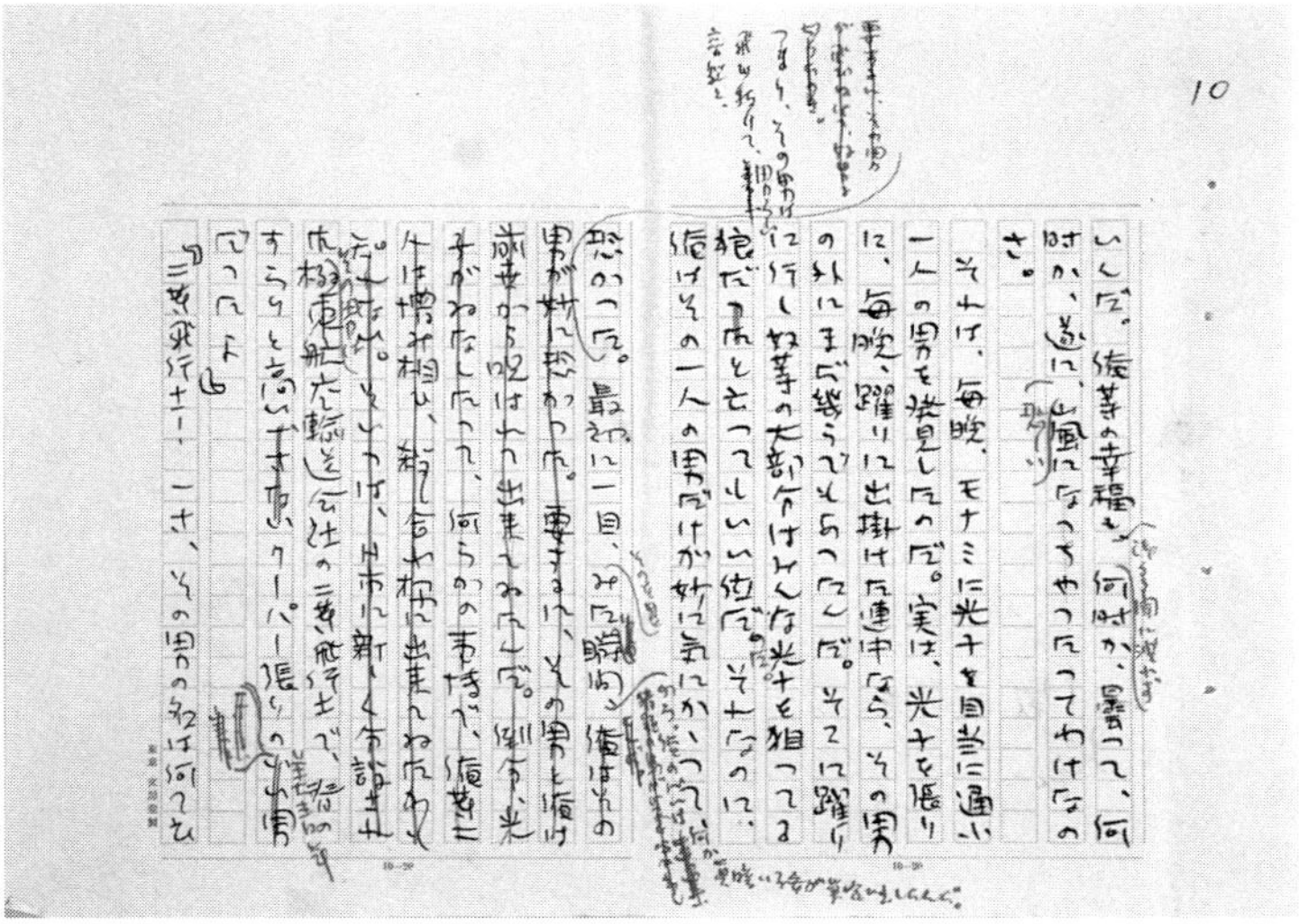
10

いんだ。俺等の幸福も、何時か、曇つて、何時か、遂に、幽霊になつちやつたつてわけなのさ。
それは、毎晩、モナミに光子を目当に通ふ一人の男を発見したのだ。実は、光子を張りに、毎晩、踊りに出掛けた連中なら、その男の外にまだ幾らでもあつたんだ。そこに踊りに行く奴等の大部分がみんな光子を狙つてるんだと云つていい位だ。そのくせ、俺はその一人の男だけが妙に気にかゝつて

第Ⅲ部の「文永日本」は、昭和九年頃の執筆。筆名は澤木信乃。千葉亀雄賞を得た長篇「流転」に先行し、現在確認されている中で、最初期に書かれた時代物として貴重である。元寇を題材にしており、その点に注目すれば、後の長篇歴史小説「風濤」（昭和三十八年八月・十月『群像』）へ連なる一作とも言える。

ただこの「文永日本」は、モチーフや人物造形の点で、日中戦争下の世相が色濃く反映され過ぎている。戦後七十年以上を経た現在から見ると、国策小説の雰囲気さえ感じられる。好感を持って読み通せる人は必ずしも多くないだろう。井上靖が遺した膨大な作品群の中で、国策的な作風は殆ど見られないのであるが、本作を見る限り、この作家も時代の空気に多少なりとも飲まれていたようである。

井上靖はこの「文永日本」執筆から約一年を経た昭和十年二月、建国祭本部が募集した映画脚本において、「元寇の頃」と題する応募作で四等選外佳作に入っている。[*7] 同脚本は未発掘であるが、本作はその原型かとも思われる。だとすれば、この草稿が国策小説風であるのも、ある程度頷けよう。「建国祭」における映画脚本とは、如何にも戦時下を反映した発表舞台と推察できる。「元寇の頃」はもちろん、原型であろう「文永日本」も、おそらくはそのような発表舞台に合わせ、それにふさわしい作風に仕上げた作品だったのではあるまいか。文壇デビュー後の井上靖は、純文芸誌、

澤木信乃「文永日本」　草稿
原稿裏の「京都市右京区太秦／―― ―― 内／井上」の記載は、当時新興キネマ社員として時折でかけていたという太秦撮影所との関連だろうか。

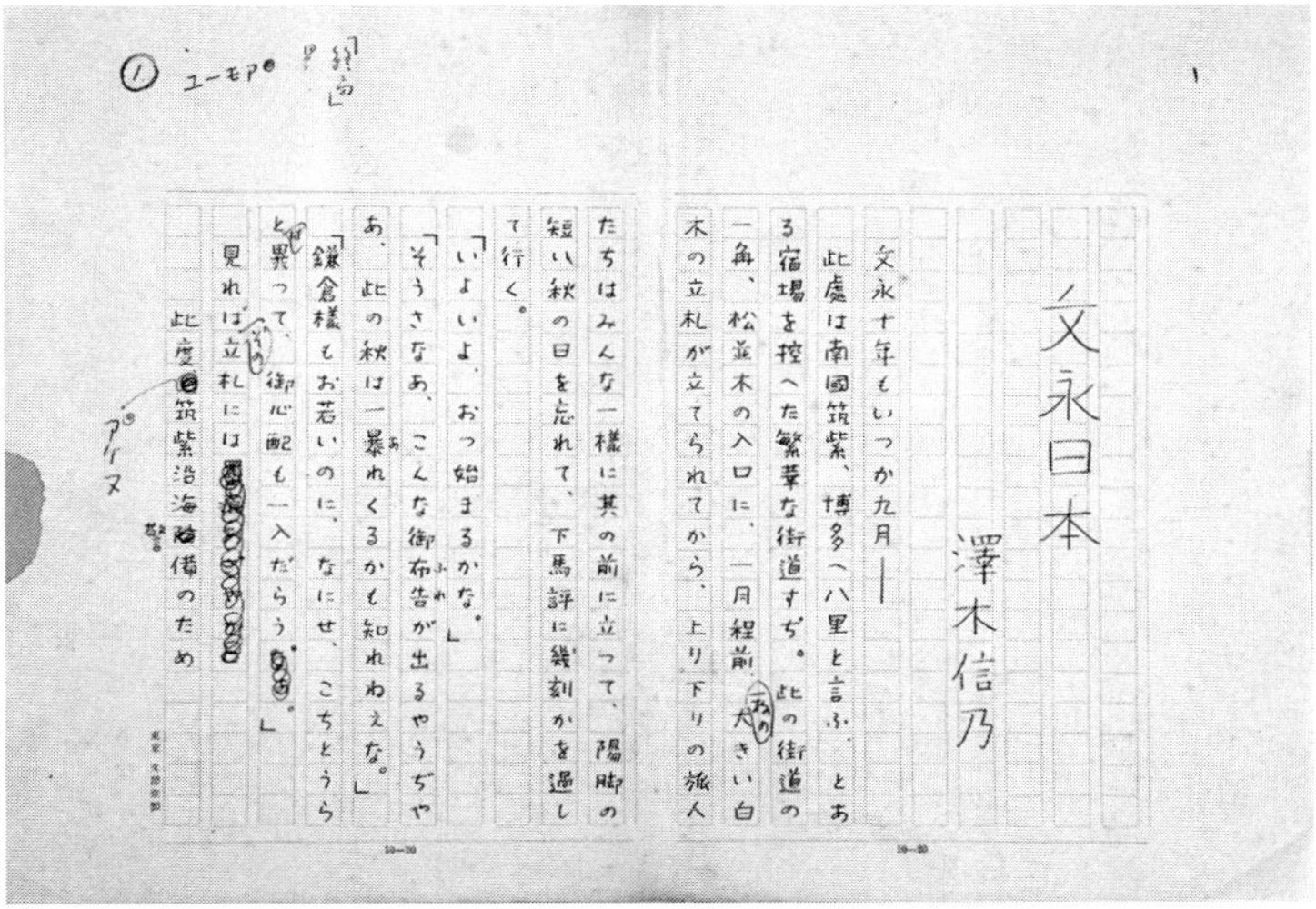
文永日本

澤木信乃

文永十年もいつか九月――

此處は南國筑紫、博多へ八里と言ふ、とある宿場を控へた繁華な街道すぢ。此の街道の一角、松並木の入口に、一月程前、大きい白木の立札が立てられてから、上り下りの旅人たちはみんな一様に其の前に立つて、陽脚の短い秋の日を忘れて、下馬評に幾刻かを過して行く。

「いよいよ、おつ始まるかな。」

「そうさなあ、こんな御布告が出るやうぢやあ、此の秋は一暴れくるかも知れねえな。」

「鎌倉様もお若いのに、なにせ、こちとうらと異つて、御心配も一入だらう。」

見れば立札には

此度筑紫沿海警備のため

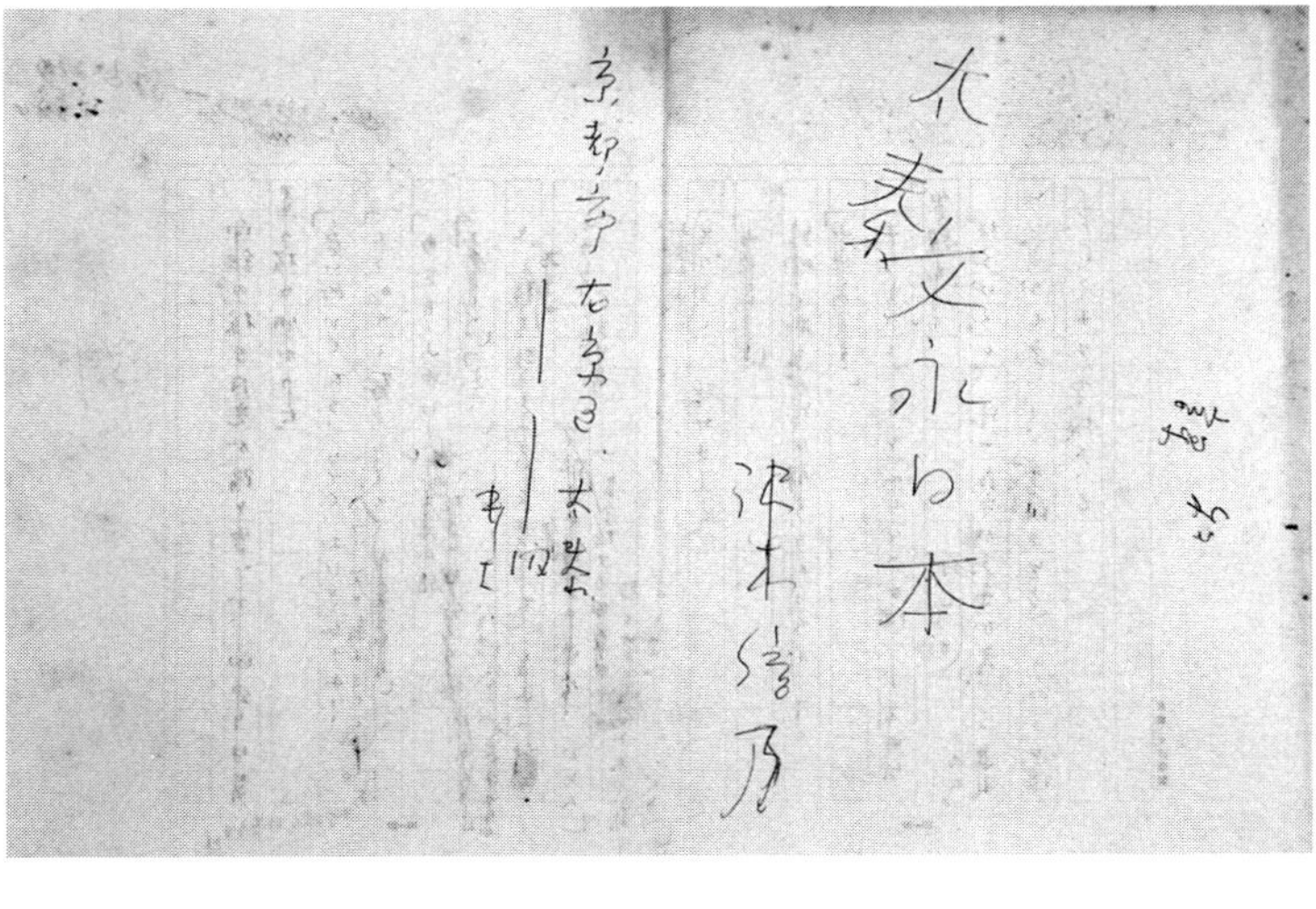

中間小説誌、新聞など発表舞台の性格に応じて作風を改め、書き分けるのが得意な作家であった。「文永日本」は時代物の最初期作品として稀少価値を持つとともに、国策的な作風において、もともと井上靖が様々な作風に書き分けていく能力の持主であったことをあるいは表しているのかもしれない。

なお「文永日本」においても、「博多湾」「今津湾」「箱崎」など福岡の地名が頻出している。元寇を迎え撃つ武士たちの活躍を描いた小説として当然である。だが、その上で、この「文永日本」は、井上靖が福岡市で暮した約四年後に書かれたことを重視したい。作者はこの小説を書き進めながら、福岡での短い生活を思い浮かべていたはずである。元寇の防塁跡などが遺る福岡市での経験が、そもそもの切っ掛けとなって、井上靖は元寇に興味を持ち始めた可能性もあろう。僅か三カ月に過ぎなかった福岡在住が井上靖に「文永日本」と「元寇の頃」を書かせ、さらに長い歳月を経て、長篇歴史小説「風濤」に結実したと言ったら、大げさであろうか。

最終第Ⅳ部は戯曲「夜霧」である。井上靖は自筆年譜[*8]の昭和二十三年七月の項に「戯曲『夜霧』を書く」と記している。長年その戯曲「夜霧」の存在は不明であったが、本作は最終場面の描写から判断して、同作に該当すると見られる。原稿一枚目が欠落している故に、タイトル、筆名とも直接には確認できないが、本書では「夜霧」と題し、井上靖の名義で掲載した。

「夜霧」 草稿

冒頭の1枚が欠け、第一幕の人物・場面設定の記述が失われている。全体的に丁寧な字で書かれ、訂正も少ない。

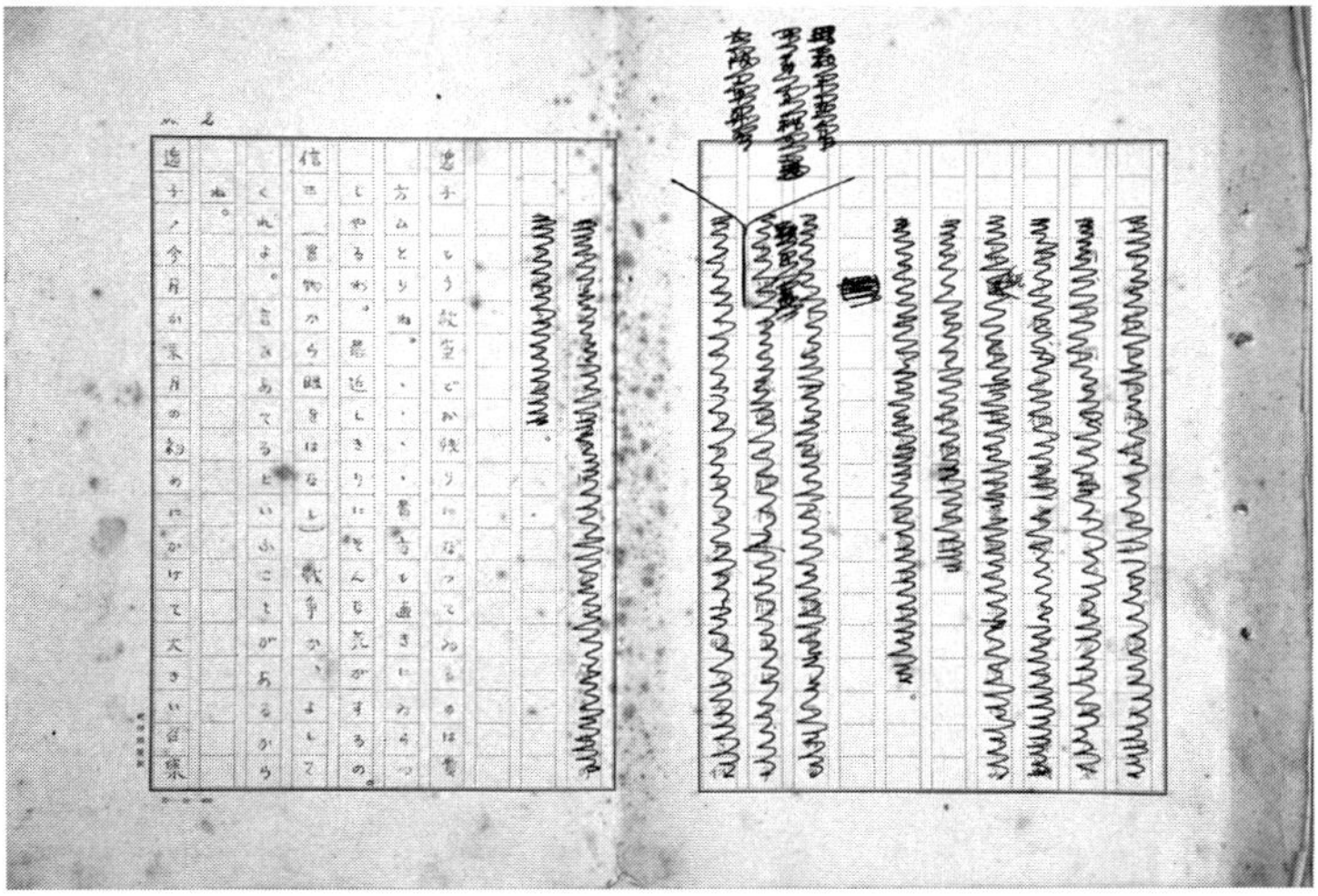

遠子 もう教室でお残りになってゐるのは書方ムとりね。・・・・書き直さにみらっしゃるわ。最近しきりにそんな気がするの。

信三 （書物から眼をはなし）戦争がよくてくれよ。言ふあてるといふことがあるからね。

遠子 今月か来月のおわりにかけて大きい空襲

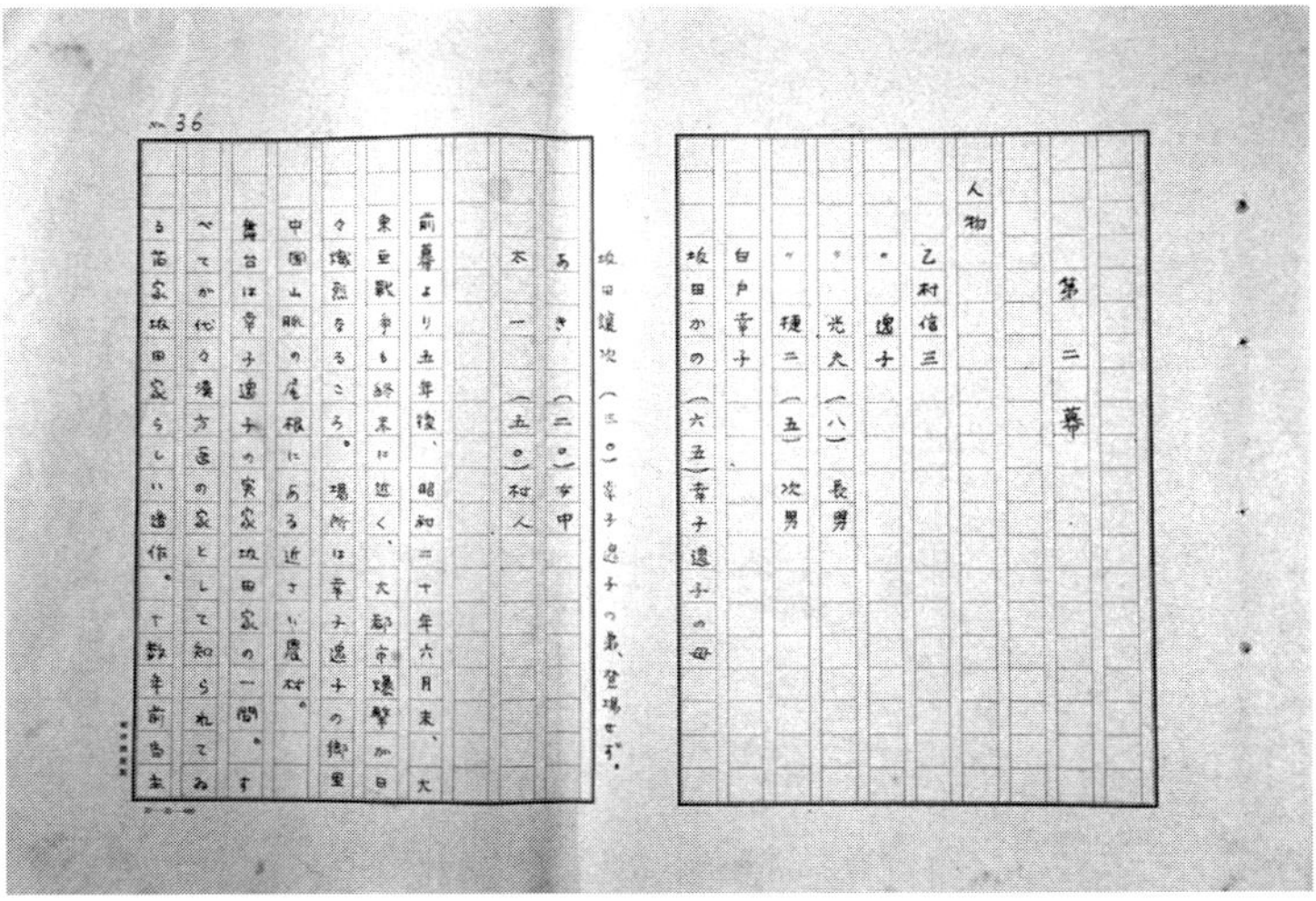

第二幕

人物

乙村信三

〃 遠子

〃 光夫（八）長男

〃 種二（五）次男

白戸幸子

坂田かの（六五）幸子遠子の母

坂田謙次（三〇）幸子遠子の兄、登場せず。

あき（二〇）女中

本一（五〇）村人

前幕より五年後、昭和二十年六月末、大東亜戦争も終末に近く、大都市爆撃が日々熾烈なるころ。場所は幸子遠子の郷里中国山脈の尾根にある近さい農村。

舞台は幸子遠子の実家坂田家の一間。すべてが代々漢方医の家として知られてゐる旧家坂田家らしい造作。十数年前旧主本書のI～III部に収録した六作と較べて執筆時期も十年以上遅く、それだけに完成度は高い。冒頭部の原稿欠落が何とも残念である。その完成度の高さから言って、本当に未発表作であったのか、若干不安にも思われる。今のところ本作を掲載した雑誌等は見つかっておらず、本書では未発表作品として扱った。万一、戯曲「夜霧」を収録した雑誌や単行本を御存じの方がいたら是非連絡を頂きたい。

本戯曲では、信三・逸子と耿作・幸子という対照的な二組の夫妻の有様が描かれている。信三は大学教授として教え子への好意を抑え、戦災から守るために妻子を疎開させる。その妻逸子とともに堅実な夫婦関係を表す。幸子は新聞記者の夫耿作としばしば別れ話を持ち上げつつも、一緒に暮らしたい願望を抑えず、空襲が迫る中、東京での二人の生活を選ぶ。幸子・耿作は奔放な夫婦関係の代表と言える。第一幕で両夫妻それぞれの愛憎を描いた後、第二幕では信三・逸子を肯定しているかと思わせる。しかし三幕に至って、それは「愛情のお化け」だと断じている。結末部では、幸子・耿作の「愛情」を「本当のもの」と語りつつも、その「本当」らしき愛情を「淋しく」「うつろに」描いている。男女の「愛情」とは何か、真摯に追求した趣がある。堅実な信三を後の小説で好んで描いた大学教授として表し、奔放な耿作を自身と同じ新聞記者に設定するなど、井上靖の職業観や自己批判が託されているようでもある。

文壇デビュー直前のこの時期、井上靖は、いわゆる「大衆文芸」から、本格的な文芸作品へ、創作の方向を改めつつあった。そのことが、本戯曲からも確かめられよう。
第一幕は、多くの男性が赤紙を受け取り始めた昭和十五年頃に設定。
第二幕は第一幕の五年後、大戦末期の昭和二十年六月。信三は妻子を中国山脈の尾根にある小さな農村に疎開させ、次のように語っている。

こんな時、一体、人間として何をなすべきか、随分考えてもみた。併し結局僕にとっては、まず家族を生かすこと、次は論文をまとめること――この二つだ。（中略）そのうちの一つは、どうやらこれでやり遂げたわけだ。……僕は昨夜、夜中に一時間程床の中で眼をさましていたが、その時考えたよ。この日本にいかなる時代が来ようと、此処だけは安全だとね。年々歳々、この高原の一角には静かな白い夏雲が浮かぶだろうし、雪の深い冬の夜は相も変らず音訪れてくるだろうと。（中略）僕は自分でも不思議な気がするんだが、こんど程、夢中で真剣になれたことはなかったな。やはり、つくづく妻子を生かすと言うことは、人間の持つ一番大きい本能だと思うね。

第三幕は終戦後の昭和二十年十月。信三はさらに次のように語っている。

僕の持っていたものは、妻子を生かすのにあんなに夢中にさせたものは——、そうだ、本能、生きとし生けるものの持つ単なる本能にすぎなかったかも知れない。本能、種族維持のあの本能、……本能だったかも知れない。……雌と子供を山の中に匿してきた生きもののあのきょとんとした眼、……あの暗い、紫色の、ふしぎな淋しさを湛えた眼、……僕もあんな眼をしていたかもしれない。

井上靖文学の愛読者であれば、これら信三の台詞から、以下の詩が想起されてこよう。詩集『北国』（昭和三十三年三月、東京創元社）に収録された、散文詩「高原」（初出・昭和二十一年十一月『火の鳥』）である。

深夜二時、空襲警報下の大阪のある新聞社の地下編輯室で、やがて五分後には正確に市の上空を覆いつくすであろうB29の、重厚な機械音の出現を待つ退屈極まる怠惰な時間の一刻、私はつい二、三日前、妻と子供たちを疎開させてきたばかりの、中国山脈の尾根にある小さい山村を思い浮かべていた。そこは山奥というより、天に近いといった感じの部落で、そこでは風が常に北西から吹き、名知らぬ青い花をつけた雑草がやたらに多かった。いかなる時代が来ようと、その高原の一角には、年々歳々、静かな白い夏雲は浮かび、雪深い冬の夜々は音もなくめくられてゆくことであろう。こう思って、ふと、私はむなしい淋しさに突き落された。安堵でもなかった。孤独感でもなかった。それは、あの、雌を山の穴に匿してきた生き物の、暗紫色の瞳の底にただよう、いのちの悲しみとでもいったものに似ていた。

戯曲「夜霧」と散文詩「高原」は、執筆された時期も近く、それぞれ読み較べることで、双方のモチーフをより深く読み取ることが可能となろう。例えば「高原」のみを読んだ場合、妻子を「中国山脈の尾根にある小さい山村」へ「疎開」させた結果として、なぜ「むなしい淋しさに突き落され」ねばならないのか、容易には理解できまい。「生き物」の「いのちの悲しみ」と言われても、納得し難いであろう。しかし「夜霧」での信三、逸子夫妻の関係を読み、右に引用した信三の台詞を参照すれば、妻子を疎開させた夫の情熱は、決して「愛情」そのものではなく、動物の「本能」に過ぎないと言う、井上靖のモチーフが見えてくる。「夜霧」においては、耿作夫妻についても、やはり「淋しく」「うつろ」な姿が強調されている。彼らの奔放な「愛情」も、決して「本当」でなく、それは「いのちの悲しみ」であり、つまりは「本能」に過ぎないとの主張も読み取れるであろう。

井上靖は「私の自己形成史」（昭和三十五年五月〜十一月『日本』）その他で、「愛情」とは「取引」であり、「無償な愛情というものをあまり信用していない」と書いている。「夜霧」は夫から妻子への、そして夫婦間においての、いわば「無償の愛情」を否定し、井上靖のこのドライなまでの愛情観を描いている。文壇デビュー作「猟銃」と同じ〈愛の不毛〉を取り上げながら、同作とは別角度から表現しているとも捉えられる。作家井上靖の一つの主要モチーフが、この「夜霧」において、明確に表れていたのである。

以上のごとく、本書に収録した未公開作品七篇（小説六篇・戯曲一篇）を通して、文壇デビュー以前の井上靖がどのようにしてストーリー・テリングの才能を錬磨し、小説のモチーフを発酵させていったのか、その文学生成の過程を垣間見ることができる。特に文壇デビュー作「猟銃」の誕生を読み解く上で、貴重な手掛かりを提供している。

井上靖文学研究の一資料として、井上靖作品をより深く愛読するための一冊として、本書を大いに活用して頂ければ幸いである。

1――昭和七年三月『新青年』掲載。
2――『サンデー毎日』「長篇大衆文芸」応募作。同誌の昭和十二年一月三・十日合号から二月二十一日号にかけて連載。
3――昭和八年十一月一日『サンデー毎日』（臨時増刊・新作大衆文芸）掲載。
4――昭和九年四月一日『サンデー毎日』掲載。
5――昭和十年十月二十七日『サンデー毎日』掲載。
6――藤澤全による『若き日の井上靖研究』（平成五年十二月、三省堂）及び「井上靖年譜」（新潮社版『井上靖全集』別巻、平成十二年四月）参照。
7――注6に同じ。
8――昭和三十三年六月『三友』（第二号・付録）掲載。

未発表初期作品草稿解説

曾根博義

＊――本書収録の七作品を含む草稿群が井上家から発見された際、その整理を担当された故曾根博義氏（日本大学教授、新潮社版『井上靖全集』編者）が、世田谷文学館『井上靖展』図録（平成十二年）に寄せた文章をここに転載する。本解説の⑨⑪⑮⑲⑳㉑と、末尾でふれられる「夜霧」が、本書収録の七作品である。なお、ここで扱われる草稿はすべて、神奈川近代文学館に所蔵されている。

新潮社版『井上靖全集』編集の過程で井上家に保存されていた初期の小説と脚本の草稿が大量に発見された。ほとんどが未発表の作品であることがわかったので、既発表の作品だけを収録の対象とした今度の全集には収めなかった。多くは、すでに知られている初期の小説と同様、雑誌などの懸賞に応募した探偵小説やユーモア小説の下書きであるが、戦後、文壇に登場する以前の井上靖の長い雌伏と暗中模索の時代の全貌を知るための貴重な資料であることは間違いない。それらのすべてが、今回、遺族の許可を得て初めて公開、展示されることになった機会に、ここでまとめて簡単

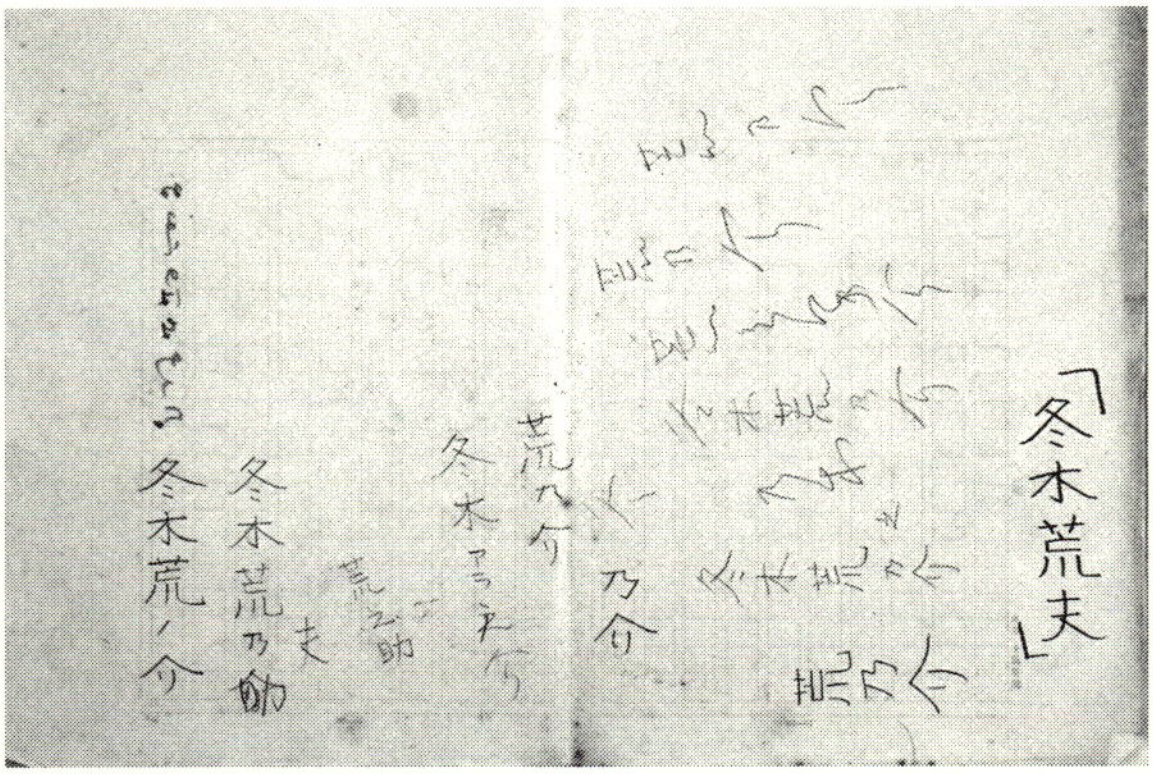

⑨［無題］草稿　最終頁の裏側
筆名を検討した跡が残る。

に紹介しておきたい。

まずそれらを、昭和十二年の「流転」までの既発表小説・戯曲といっしょに、執筆順（推定）に一覧した上で、それぞれについて解説を加える。頭に①～㉒の番号を付した計二十二点（総計五七二枚）が今度発見された戦前の小説・脚本の草稿、番号なしで題名をゴシックにしたものが既発表の小説・戯曲である。ペンネームは、これまで知られていた冬木荒之介、澤木信乃のほか、岩嵯京丸、冬木荒夫、荒川遼、城島靖、京塚承三など、さまざまである。最下欄には未発表草稿の場合は推定執筆年（月）、既発表作品の場合は初出誌・年月を掲げた。ただし既発表作品の下書き、あるいは執筆年月が原稿に記載されているもの以外の草稿の執筆年月、執筆順の推定はきわめて困難で、以下はあくまで現時点における仮の推定であることをお断りしておきたい。原稿用紙はほとんどが東京文房堂製、ただし⑧の最後の一枚と⑱は丸善製、⑭は三越製原稿用紙。原稿は断りのない限りペン書きの自筆である。

[題名]	[ジャンル]	[筆名]	[枚数]	[執筆（推定）／発表年月]
①謎の女	探偵小説	冬木荒之介	24枚・完	昭和6年12月以前
謎の女（続編）	探偵小説	冬木荒之介	23枚	『新青年』7年3月
②靄	探偵小説	[無署名]	7枚・末尾欠	7年3月？
③夜靄	探偵小説	冬木荒之介	9枚・完	7年3月？
夜靄	探偵小説	冬木荒之介	10枚	『探偵趣味』7年4月
④了助の日記	探偵小説	岩嵯京丸	18枚・完	7年5月30日
⑤黄昏の疑惑	探偵小説	岩嵯京丸	52枚・完	7年7月27日
⑥薔薇奇談	探偵小説	井上靖・冬木荒人	3種各1枚・未完	7年？
⑦黒い流れ	探偵小説	井上靖	33枚バラ・未完	7年？
⑧黒い流れ	探偵小説	井上靖	29枚・完	7年？
⑨[無題]	探偵小説	[無署名]	41枚・完	7年？
⑩嵐の夜	探偵小説	冬木荒之介	7枚・未完	7年？
⑪白薔薇《シロバラ》は語《カタ》る	探偵小説	岩嵯京丸	38枚・完	7〜8年
⑫溟濛の吹雪に	探偵小説	荒川遼	5枚・未完	7〜8年
⑬復讐	探偵小説	[無署名]	15枚・未完	7〜8年

⑭死脈	探偵小説	城島靖	11枚・未完	7～8年
⑮復讐	探偵小説	京塚承三	19枚・完	7～8年
⑯球場殺人事件	探偵小説	京塚承三	71枚・完	8年？
⑰村はずれ	舞踊劇脚本	冬木荒之介	21枚・完	8年3月5日
三原山晴天	ユーモア小説	澤木信乃	60枚	『サンデー毎日』8年9月
初恋物語	ユーモア小説	澤木信乃	58枚	『サンデー毎日』9年4月
⑱［無題］	ユーモア小説	［無署名］	11枚・未完	9年3月15
⑲就職圏外	ユーモア小説	澤木信乃	34枚・完	9年？
⑳昇給綺談	ユーモア小説	澤木信乃	31枚・完	9年？
㉑文永日本	時代小説	澤木信乃	30枚・完	9年
㉒［題未定］	少女歌劇脚本	澤木信乃	63枚・完	9年11月
明治の月	戯曲	井上靖	41枚	『新劇壇』10年7月
紅荘の悪魔たち	探偵小説	井上靖	59枚	『サンデー毎日』10年10月
就職圏外	戯曲	井上靖	50枚	『新劇壇』11年3月
流転	時代小説	井上靖	177枚	『サンデー毎日』12年1～2月

①謎の女　『新青年』の平林初之輔の遺稿「謎の女」の続篇募集に応じ、入選、同誌昭和七年三月号に掲載された作品の草稿。締切は昭和六年十二月二十四日。ノンブル無し。手入れ多く、発表稿との間にかなりの異同がある。このあと何度か書き直されたものと思われる。

②霧　昭和七年四月発行の平凡社版『江戸川乱歩全集』付録雑誌『探偵趣味』第十二号に掲載された「夜靄」の草稿。一枚目の題名の下に小さく「仔人」「仔鬼」と書き、署名の「冬木荒之介」を消して「柾正夫」、さらにそれを消して大きく「憂愁建築師」と記している。八枚目以下欠。

③夜靄　②より後の草稿と推定される。朱で手入れ。発表稿により近くなっているが、異同あり。なお井上靖は、昭和七年四月に京都帝大哲学科に入学、京都に移り住んでいる。

④了助の日記　表紙にペンで大きく「第四作／新潮社新雑誌原稿／了助の日記／岩嵯京丸／―一九三二・五・二十九徹夜執筆―父母京都ヨリ、朝七時汽車デ帰郷／―一九三二・五・三十晩六時脱稿―」とある。精神病院に入院中の林了助の日記。なめくじのような男の影におびえ、浅草の暗闇でその男を殺し、出会った男に死体の処理を頼むが、その後、腕、足、腹と、殺した男の身体の一部に出会って脅かされつづける。昭和七年、新潮社は新大衆雑誌『日の出』創刊に備えて、新聞に大広告を掲載して雑誌名を公募した後、「現代小説」「時代小説」「探偵小説」「科学小説」その他、ジャンル別に小説・実話等の原稿を大々的に募集した。枚数は十枚以上四十枚まで、締切は昭和七年五月末日、採用作には五百円以下五十円以上の賞金が与えられることになっていた。

これはその「探偵小説」の部に応募した作品の草稿と思われる。発表は創刊号誌上とされていたが、応募数が予想以上の多数にのぼったという理由で八月創刊号（七月八日発売）には予選通過者の名だけが発表された（入選発表は十月号）。そのなかに「岩嵯京丸」あるいは他の井上靖の筆名と思われる名はない。

⑤黄昏の疑惑　表紙に大きく「サンデー毎日／黄昏の疑惑／岩嵯京丸／──一九三二・七・二四〜七・二七──」と記す。『サンデー毎日』の第十一回「大衆文芸」（昭和七年下期、七月末日締切）応募作の下書きと思われる。④を一部に取り入れながら、妖艶な貴族の女、同棲相手の青年心理学者等を配した探偵小説。入選、佳作のいずれにもなっていない。

⑥薔薇奇談　「薔薇奇談」と題する探偵小説の書き出し各一枚計三枚をクリップで止める。一枚目と三枚目は井上靖名。二枚目は無題で、署名「冬木荒夫」。三通りに書き出しながら中絶したものと思われる。

⑦黒い流れ　何回にもわたって書かれた草稿群、構想メモ等がバラのまま一まとめにされていて、執筆順推定困難。

⑧黒い流れ　十四枚目途中まで他筆、以下自筆。飛行士が飛行中に同僚飛行士を殺害するという事件と花売娘の恋愛を組み合わせた探偵小説。⑦はこの下書きと思われる。

⑨［無題］　⑧の改訂稿。朱で手入れ。数種の下書きに手を入れ、寄せ集めてまとめたものか。新聞

記事と二通の遺書を組み合わせた巧みな構成で、⑥⑦⑧を承け、⑩⑪に発展。最後の用紙の裏に「冬木荒之介」「冬木荒乃介」「冬木荒夫」等の署名の落書きあり。

⑩嵐の夜　⑨の書き出しの改稿か。朱で訂正入り。

⑪白薔薇《シロバラ》は語《カタ》る　全文他筆か。朱は自筆。飛行士殺人事件と薔薇売娘の恋愛という⑥以来の二つのモチーフを別の話に仕立てる。完成度は高いが、やや出来過ぎた感あり。

⑫溟濛の吹雪に　了助と郁夫の「登山綱《ロープ》で結ばれた友情、ビッケルで掘り下げられた友情」、郁夫のフィアンセ蕾子に対する了助の愛、蕾子の遭難事件、事件後の了助の告白。戦後の「猟銃」「氷壁」などを思い起こさせるモチーフだが、わずか六枚の書き出しだけ。初期に同題の詩があり、蕾子の裸姿の描写も別の詩の盲目の裸の少女の表現と類似する。

⑬復讐　⑫の改稿。「蕾子」は「柾子」と改められる。エピグラフに「登山は立派な一つの倫理学である。登山家は真しな倫理学徒であらねばならぬ—KLM—」とある。第一章完の感じ。五枚目欄外及び裏面に「井上靖」「貴島俊作」「城島靖」「井上靖史」「佐藤八郎」「城島俊作」等の署名の落書きあり。

⑭死脈　帝都社交界の女王として令名高い南条秋緒夫人の急死をめぐって、夫人の弟の友人で私立探偵の菊池宏が「直感」を武器に謎を解こうとする。純然たる探偵小説だが、中絶。

⑮復讐　朱、ブルーのペンでの直し多し。署名は「岩嵯京丸」を消して「京塚承三」。飾り窓の人

形、見世物小屋の女の生首、狂言自殺などを使った手の込んだどんでん返しで、完成度も高い。七枚目欄外に作品とは関係のない「ふみ子」「ふみ様」等の落書きあり。

⑯球場殺人事件　二十五枚目まで鉛筆書き他筆、二十六枚目よりペン・鉛筆の自筆で、裏も使っている。走り書きで直しが多い。「紅紫園球場」での帝都六大学野球リーグ戦の観客席で起こった三件の連続殺人事件の謎を解く。

⑰村はずれ　鉛筆書き他筆。表紙に「宝塚少女歌劇応募脚本／舞踊劇／村はずれ／冬木荒之介／—一九三三・二・十《ママ》—陸軍記念日」、原稿末尾に「—一九三三・三・五—」、裏表紙に「京都市左京区吉田神楽岡八—二四　足立方／井上靖」。最後の住所から後に夫人となる足立ふみとの行き来がすでにこの頃からあったことがわかる。寺の和尚と小僧が狐に化かされる話で、歌、合唱を多用。宝塚少女歌劇二十周年を記念して『サンデー毎日』主催で行われた脚本（レヴュウ、歌劇、喜歌劇、舞踊劇）募集への応募作。締切は昭和八年三月十日、賞金一二〇〇円（入選四篇、一篇金三百円）。四月発表の入選作・佳作のなかに「村はずれ」は見当たらない。

⑱［無題］　二章まで、未完。一枚目欄外に「（一九三四・三・十五）」。⑲の下書きの一部と推定。

⑲就職圏外　ペンと鉛筆で走り書き。二人の大学卒業生の下宿を舞台に就職難時代の世相を描いたユーモア小説。会話多し。⑱を完成させたもので、既発表の戯曲「就職圏外」の原型。

⑳昇給綺談　「初恋物語」と同系統のサラリーマンもののユーモア小説の佳作。手入れ多し。

⑮「復讐」草稿　７枚目
欄外に「ふみ」「ふみ子」「ふみ様」などの書き込みがある。

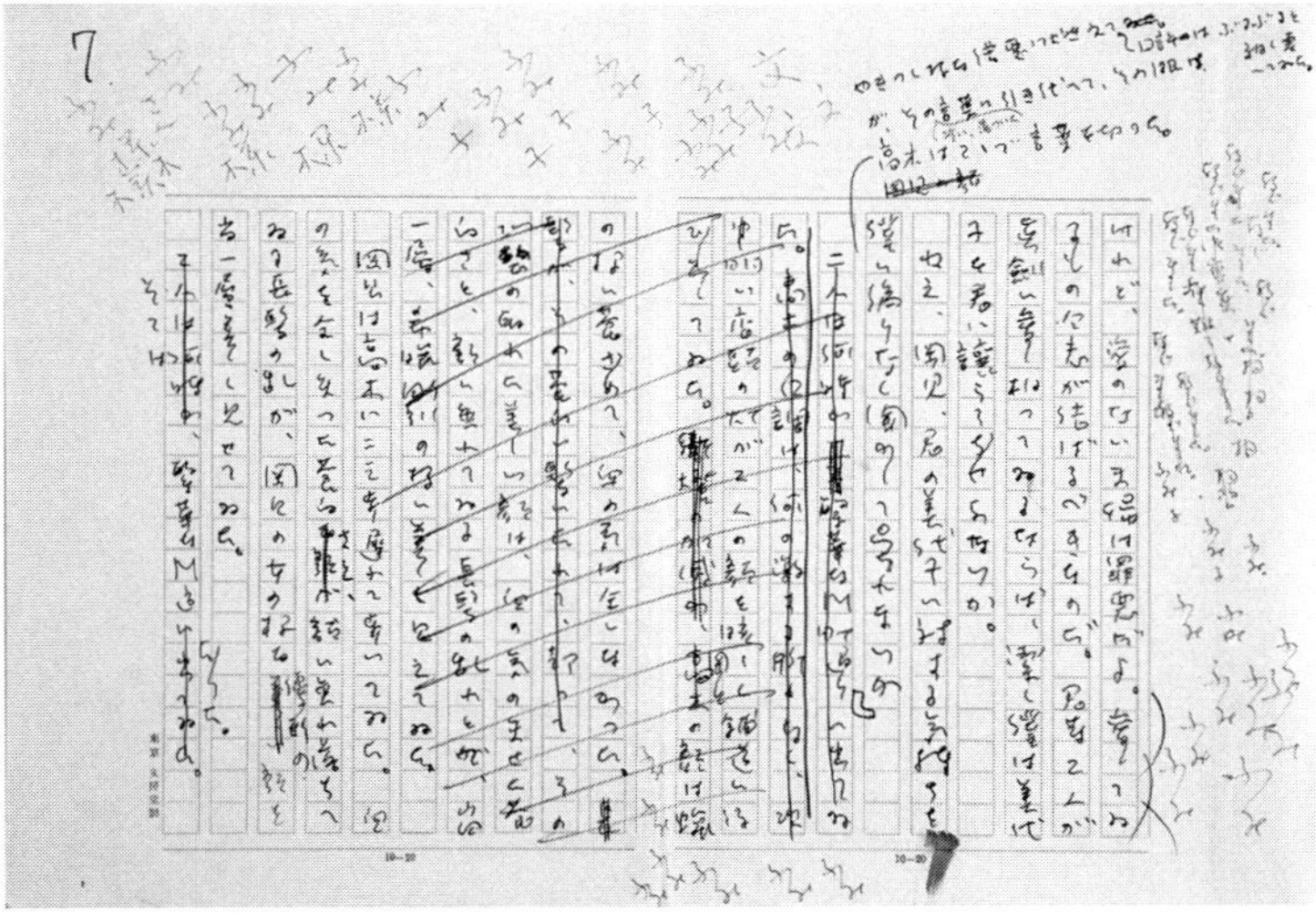

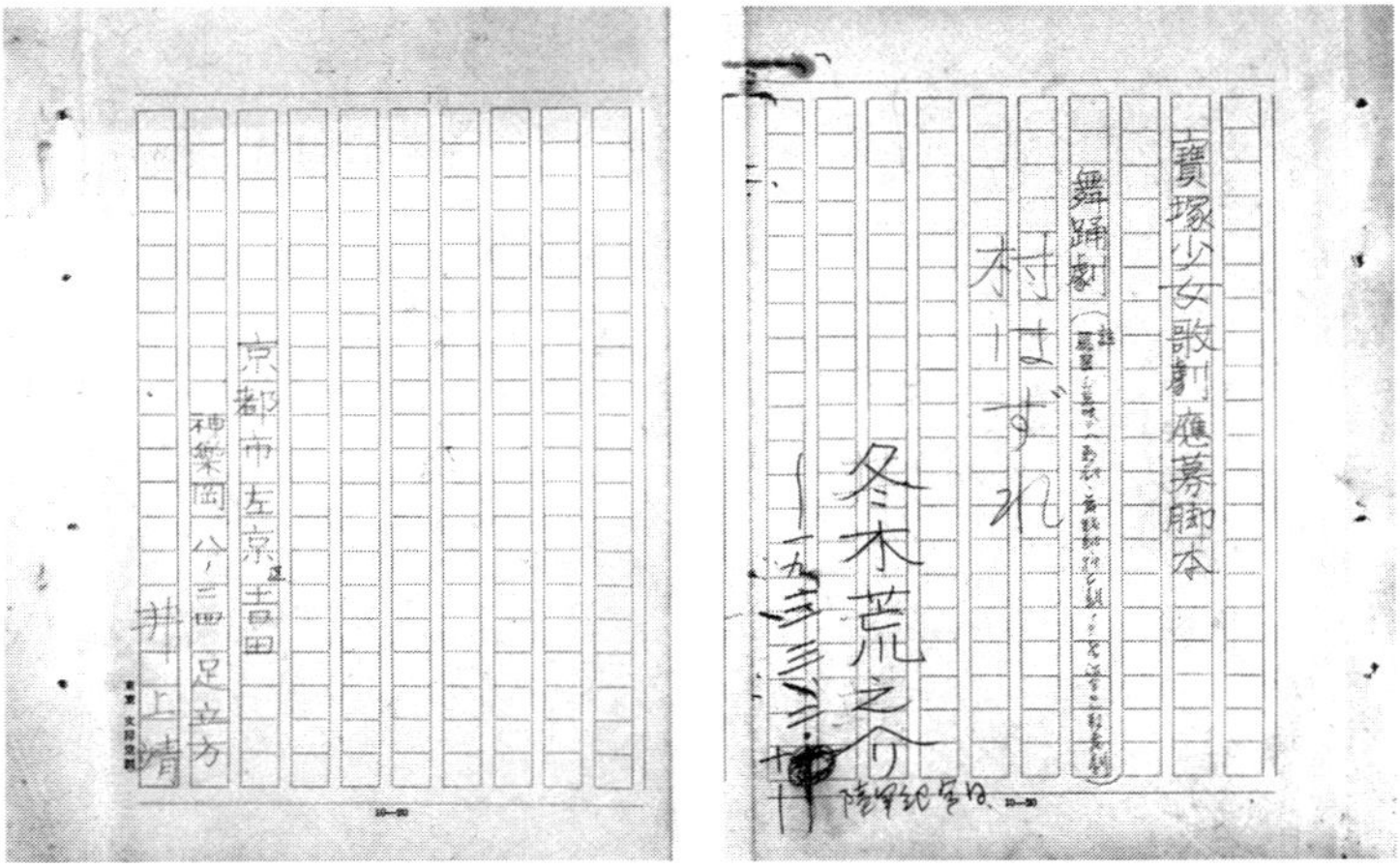

⑰「村はずれ」草稿　表紙と裏表紙
「宝塚少女歌劇応募脚本」の文字や住所の表記が見られる。

㉑文永日本　「流転」に先立つ初の時代小説。鎮西守護少弐資能を殺して父の仇討ちを果たそうとする兄弟が、蒙古来襲の報に接して、国を守るために守護に対する仇討ちを延ばすという話。井上靖は建国祭本部が募集した建国祭映画脚本に澤木信乃名で「元寇の頃」を応募し、四等選外佳作になったことが、昭和十年二月十一日付の京都の新聞に発表されている。そこに紹介された筋書から「文永日本」は小説として書かれたその原型ではないかと推定される。

㉒［題未定］　表紙に「大阪松竹少女歌劇／一九三四・十一月上演／於大阪劇場／『或る夜の出来事』改題／題未定／澤木信乃／演出　野淵昶」とある。アメリカを舞台に世界一の金持の一人娘エリーと世界一の飛行家ウエストリーとの間に繰り広げられる恋愛大活劇。諸種の資料や当時の新聞広告に当たったが、上演された事実は確認できていない。

以上、二十二篇の作品が書かれた昭和六年末から九年末までの三年間、井上靖は一方で『焰』『日本詩壇』その他の雑誌に詩を発表し、昭和七年夏からは行分け詩から散文詩に移行している。しかしそれらの詩とここにあげた小説との間には、⑫「溟濛の吹雪に」のようなごくわずかな例外を除いて、ほとんどつながりが認められない。井上靖自身、小説はもっぱら懸賞金目当てだったというが、たしかに未発表の草稿のなかにも懸賞応募作の下書きが多い。懸賞に応募した作品はこのほかにもあったと思われる。例えば、あまり知られていないが、昭和十年に菊池寛の文藝春秋社が芥川賞と直木賞を創設したとき、一般の文学志望者向けに創作、戯曲、大衆文芸の「特別創作原稿募集」が行われた。井上靖はその「大衆文芸」にも応募している。『文藝春秋』『オール讀物』両誌十月号に発表された第一予選通過作品・作者のなかに「踊る葬列　京塚承三」の名があるのだ。戦後、同じ「踊る葬列」という題の短篇が『オール讀物』に発表されていることから、前々から井上靖のペンネームではないかと睨んでいたが、右の草稿のなかに「京塚承三」名のものがあったので井上靖に間違いないことがわかったのである。しかし残念ながら「踊る葬列」の草稿は見当たらない。

戦後の井上靖の文壇登場は詩と物語の融合・合体によって可能になるが、これら戦前の小説・脚本の草稿は、たとえそれらの多くが懸賞金目当てだったにせよ、さまざまな題材を駆使した物語作者としての才能がいかに早くから井上靖のなかに芽生え、それを磨き、拡げるためにいかに着実な努力が積み重ねられていたかを物語っている。探偵小説からユーモア小説へ、さらに時代小説、戯曲、映画・少女歌劇の脚本へと、ストーリーテラーとしての才能を存分に発揮した、若き日の井上靖の貪婪《どんらん》な好奇心の奔騰と乱舞がここに見られる。

最後に、同時に発見された戦後の戯曲の草稿一篇について簡単に紹介する。井上靖の自筆年譜の昭和二十三年七月あるいは八月の項に「戯曲『夜霧』を書く」という一行がある。しかし現在のところ初出が確認できず、全集にも収められていない。発表されないままだった可能性が強い。とこ

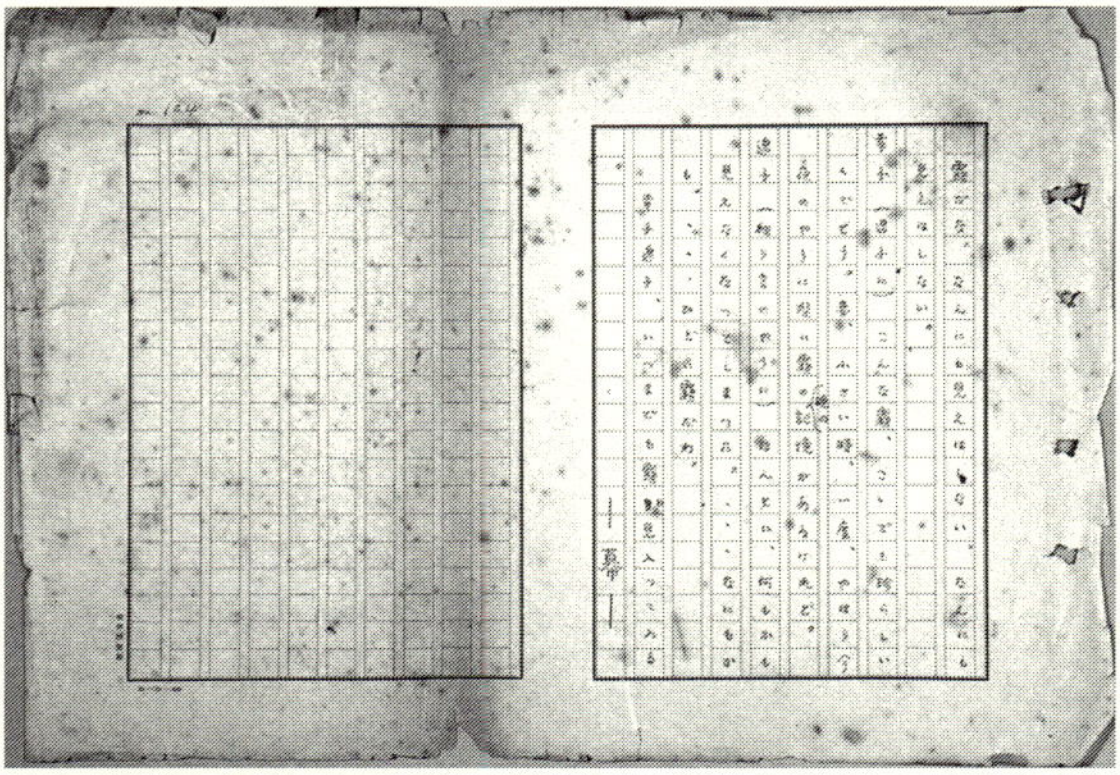

「夜霧」草稿　最終頁
深い夜霧の描写で物語の幕がとじられる。

ろが、最近、その原稿と思われるものが井上家に保存されていることがわかった。紀伊國屋製原稿用紙一〇四枚、ペン書き自筆。残念なことに最初の一枚が欠けているので題名がわからないが、最後に深い夜霧が立ち込めて何も見えなくなるところで幕になっていることから、問題の「夜霧」であることはほぼ間違いない。全三幕。第一幕は昭和十五年秋、大阪、第二幕は昭和二十年六月、中国山脈の尾根にある小さい農村、第三幕は昭和二十年十月、場所は第二幕と同じ。第二、三幕の舞台になる農村出身の姉妹それぞれの、戦争を挟んだ数年間の結婚生活をめぐって、ほんとうの夫婦愛とは何かを問うシリアスな心理劇である。小説「通夜の客」と同じく、家族を疎開させた中国山地の村が舞台になっていること、戦争が人間の心にあたえた影響を問題にしていることなど、なかなか興味深い内容だ。姉妹の対照的な愛情観がやや類型的で、「猟銃」「闘牛」などの小説にくらべて起伏に乏しいが、井上靖の戦後の唯一の戯曲として注目に値する。

＊協力（敬称略・五十音順）

井上修一
菊地香
曾根侑子

井上靖記念文化財団
神奈川近代文学館
森話社
世田谷文学館

＊付記

本書の企画発案は、草稿の発見に関わり、その整理を行なった故曾根博義氏による。
編集にあたっては、曾根氏のまとめた資料を活用させていただいた。

［著者略歴］
井上 靖（いのうえ・やすし）
1907年、旭川市生まれ。36年、京都帝国大学文学部卒業。毎日新聞記者を経て、49年、「猟銃」で文壇デビュー。「闘牛」により同年下半期・芥川賞を受け、以降創作に専念する。『天平の甍』で芸術選奨文部大臣賞、『氷壁』その他で芸術院賞、『敦煌』『楼蘭』で毎日芸術大賞、『おろしや国酔夢譚』で日本文学大賞、『孔子』で野間文芸賞など、多くの文学賞に輝く。76年、文化勲章受章。91年、逝去。

［編者略歴］
高木伸幸（たかぎ・のぶゆき）
1966年、埼玉県生まれ。2000年、広島大学大学院文学研究科博士課程後期修了。ラ・サール中学校・高等学校教諭を経て、09年より別府大学准教授、14年より別府大学教授（現職）。博士（文学）。井上靖研究会会長。著書に『井上靖研究序説——材料の意匠化の方法』（2002年、武蔵野書房）、『梅崎春生研究——戦争・偽者・戦後社会』（2018年、和泉書院）がある。

井上靖《いのうえやすし》 未《み》発表《はっぴょう》初期《しょき》短篇集《たんぺんしゅう》

2019年3月28日　初版第1刷発行

著　者……………………井上　靖
編　者……………………高木伸幸
発行者……………………西村　篤
発行所……………………株式会社七月社
〒182-0015　東京都調布市八雲台2-24-6
電話・FAX　042-455-1385
印　刷……………………株式会社厚徳社
製　本……………………榎本製本株式会社

Printed in Japan　ISBN 978-4-909544-04-9　C0093

七月社の本

〈原作〉の記号学——日本文芸の映画的次元

◉

中村三春著

すべての創作物は第二次テクストである

文学作品を原作とし、その変異としてあるはずの文芸映画が、にもかかわらず、かけがえのない固有性を帯びるのはなぜか。『雪国』『羅生門』『夫婦善哉』『雨月物語』など戦後日本映画黄金期の名作から、『心中天網島』などの前衛作、『神の子どもたちはみな踊る』『薬指の標本』といった現代映画までを仔細に分析し、オリジナリティという観念に揺さぶりをかける。

四六判上製／288頁
ISBN 978-4-909544-01-8
本体3200円＋税
2018年2月刊

[主要目次]